마음의 전쟁에서 이겨라

− 남명학파 잠(箴) 작품 해설 −

경상대학교 남명학연구소
남명학교양총서 25

마음의 전쟁에서 이겨라
- 남명학파 잠(箴) 작품 해설 -

전병철 지음

景仁文化社

남명학파의 잠(箴) 작품에 대한 이야기를 시작하며

잠(箴)은 고대 중국의사가 병을 치료할 적에 사용한 침이었다. 그 침을 찔러 몸의 아픈 부위를 낫게 하듯이, 마음의 병든 부분을 찔러 새롭게 살아나도록 하는 것이 잠(箴) 작품이다. 의료도구인 잠(箴)의 뜻과 효용을 빌려 문체 이름으로 사용한 것이다.

남명(南冥) 조식(曺植, 1501~1572)을 종장으로 하는 남명학파는 배운 것을 실천하는 삶을 강조했다. 그러므로 그들의 글과 행적에는 철저히 자신을 수양하고 생활 속에서 실천하는 내용이 많이 보인다. 특히 잠(箴) 작품은 자신의 잘못을 반성하여 새로운 각오를 다짐하거나 타인에게 권면하여 새로운 전환을 갖도록 하기 위해 창작되었으므로, 수양에 대한 견해와 방법이 풍부하게 담겨 있다.

이 책에서는 남명학파의 잠 작품 중에서 23편을 선별했다. 이 외에도 좋은 작품들이 많았지만, 내용이 중복되고 분량이 긴 작품은 제외될 수밖에 없었다. 한 편씩 작품을 읽고 사색하며 글을 쓰는 동안 소중하고 의미 있는 시간을 보냈다.

병이 있어야 침이 필요하듯이, 잠 작품을 짓게 되는 동기는 자신의 잘못된 모습을 깨닫는 데에서 시작된다. 어느 순간 자신의 적나라한 모습을 마주하게 되면서 '이렇게 살아서는 안 되겠다.'는 각성을 한다. 그리고 고치기 위한 방법을 세우고 실천을 다짐한다.

여기에 실려 23편의 잠언에는 작자들의 통렬한 반성과 각오가 담겨 있다. 이 잠언들을 통해 그들은 새로운 삶의 전환을 추구하고 자신을 견실하게 세우기를 원했다. 이 작품들이 오늘날 우리에게 의미가 있는 이유는 그들이 고민하고 힘들어한 문제들이 지금 우리의 삶에도 되풀이 되고 있다는 사실이다. 물질적인 측면은 크게 변화했지만, 마음은 옛사람이나 지금 우리나 크게 다를 바가 없다고 생각된다.

그들이 고민한 문제를 오늘날 우리도 고민하며, 그들이 새로운 삶을 살기 위해 세운 목표는 오늘날 우리에게도 좋은 지침이 된다. 이런 의미에서 이 책에 실려 있는 잠 작품이 많은 이들에게 읽혀지기를 바라며, 이 작품들을 통해 자신의 문제를 깨닫고 새로운 삶을 살아가기로 뜻을 세우는 독자들이 많기길 소망한다.

목차

머리말 : 남명학파의 잠(箴) 작품에 대한 이야기를 시작하며

성(誠)에 관한 잠언
- 조식

사악함을 막아 성(誠)을 보존하며,
말을 닦아 성(誠)을 세우라.
정밀하고 한결같음 구하려면,
경(敬)을 통해 들어가라.

_誠箴

閑邪存 修辭立 求精一 由敬入

● 작자 소개 : 조식(曺植, 1501-1572)

　　자는 건중(楗仲), 호는 남명(南冥), 본관은 창녕(昌寧)이다. 남명
학파의 개창자로, 한훤당(寒暄堂) 김굉필(金宏弼) - 일두(一蠹) 정여
창(鄭汝昌) - 정암(靜庵) 조광조(趙光祖)를 이어 실천유학의 적통을
계승한 학자이다. 저술로『남명집(南冥集)』,『학기유편(學記類

編)』, 「신명사도명(神明舍圖銘)」 등이 있다.

● 작품 해설

　성(誠)은 성실, 정성, 참됨 등으로 해석할 수 있다. 언(言)은 말
이며, 성(成)은 이룬다는 뜻이다. 한자의 조합으로 풀어본다면,
자신이 한 말을 지켜 이루는 것이 성(誠)이다. 남명은 「좌우명
(座右銘)」에서, "언행을 신의 있게 하고 삼가며, 사악함을 막아
성(誠)을 보존하라. 산처럼 우뚝하고 못처럼 깊으면, 움 돋는 봄
날처럼 빛나고 빛나리라[庸信庸謹 閑邪存誠 岳立淵沖 燁燁春
榮]."라고 말하여 자신이 추구하는 삶의 지향을 표현했다. 「좌
우명」에서도 '사악함을 막아 성(誠)을 보존하는 일'을 수양의
핵심적인 것으로 밝히고 있다.

　『중용』에서 성(誠)은 하늘의 이치라고 했다. 봄이 가고 여름
이 오며 가을이 되었다가 겨울이 찾아오는 계절의 순환 속에
서 늘 한결같지만 언제나 새로운 모습으로 나타나는 하늘의
이치. 『중용』에서는 하늘만이 참된 성(誠)을 실현할 수 있다고
말했다. 사람은 하늘의 이치를 본받아 성실하려고 노력해야
하는데, 그것을 '성지(誠之)'라고 표현했다.

　「좌우명」에서 성(誠)을 온전히 보존하고 실천하는 사람의 아
름다운 모습을 '움 돋는 봄날처럼 빛나고 빛나리라'라고 비유
했다. 따사로운 햇살 속에서 연록빛 움들이 눈부시게 솟아나
는 것처럼, 마음속에 성(誠)이 가득차면 드러내지 않아도 저절

로 밖으로 내비치며 흘러나온다.

공부에 뜻을 세우고 대학원 석사과정에 입학한 첫날 첫 수업에서, 허권수(許捲洙) 선생님께서 손수 써온 청나라 학자 최술(崔述, 1740-1816)의 글을 소개하며 강의를 시작하셨다. 아직도 그 글을 간직하고 있는데, 내용은 다음과 같다.

"학문을 연구하는 일은 개인적인 명리와 득실을 따져서는 안 된다. 한 마리의 누에처럼 해야 할 것이니, 노성하게 되면 실이 뱃속에 들어 있어 토하지 않으려 해도 할 수 없을 뿐이다. 이름이 나고 이름이 나지 않는 일은 계산할 것이 아니다."
[研究學問 不要計較 個人的名利得失 而應該像蠶一樣
旣老 絲在腹中 欲不吐而不能耳 名不名 非所計也]

열심히 뽕잎을 먹고 자란 누에가 때가 되면 저절로 실을 뽑아내듯이, 공부하는 사람이 부지런히 책을 읽고 사색을 하며 생활 속에서 깨우치게 된다면 어느 순간 자신도 모르게 말에서, 글에서, 삶에서 드러나게 된다는 말씀. 이것이 바로 성(誠)의 모습이 아닐까? 『대학』에서 말한 '마음속에서 성실하면 밖으로 나타난다[誠於中 形於外]'라는 것이 아닐까?

경(敬)에 대한 성리학 또는 철학적 개념은 우선 놓아두고 지금 우리가 이해하기 쉬운 단어로 바꾸어본다면, 공경·경외·경건 등으로 해석할 수 있다. 구(苟)는 구차하다는 뜻이며, 문

마음의 전쟁에서 이겨라-남명학파 잠(箴) 작품해설-

(攴)은 손에 막대기를 쥔 형상이다. 자신이 구차해지지 않도록 채찍질하는 것이 경(敬)이다.

남명의 학문과 사상은 경(敬)과 의(義) 두 글자로써 요약할 수 있다. 남명 스스로 "경과 의를 함께 지킬 수 있다면 아무리 사용해도 다하지 않는다. 내 집에 이 두 글자가 있는 것은 마치 하늘에 해와 달이 있는 것과 같다. 만고에 걸쳐 바뀌지 않을 것이니, 성현의 천 가지 만 가지 말씀도 그 귀결하는 요점이 여기에서 벗어나지 않는다."라고 그 중요성에 대해 강조했다.

그리고 몸에 지니고 있는 칼에 '안으로 마음을 밝히는 것은 경이며 밖으로 행동을 결단하는 것은 의이다[內明者敬 外斷者 義].'라는 문구를 새겨놓은 사실이 「패검명(佩劍銘)」을 통해 확인된다. 「행장」·「행록」 등의 자료를 보더라도 남명의 삶과 학문에서 뚜렷하게 드러나는 점은 경과 의에 대한 강렬한 추구이다.

이 잠언에서는 경(敬)만 언급하고 의(義)에 대한 말이 없다. 남명의 학문과 사상을 핵심적으로 드러내고 있는 「신명사도명 (神明舍圖銘)」에서도 경(敬)만 표기했고 의(義)에 대한 설명이 없다. 이 점을 어떻게 이해해야 할까?

주희는 "경(敬)은 비유하자면 거울과 같으니, 의(義)는 이 거울이 사물을 비출 수 있는 것이다."[1]라고 했다. 경(敬)이라는 거울이 깨끗하면 의(義)의 비춤은 저절로 통명하게 된다. 남명

---

1) 朱熹,『朱子語類』卷69,「易五」. "朱子曰 敬比如鏡 義便是能照底"

이 「성잠」과 「신명사도명」에서 경(敬)에 대해서만 언급한 까닭은 경(敬)과 의(義)가 가지는 이와 같은 체용(體用)의 관계 때문이라고 이해된다. 경(敬)의 수양이 지극하면 할수록 의(義)의 효과도 함께 높아질 수밖에 없는 것이다.

「성잠」에서는 정밀하게 분석하여 참된 성(誠)을 행하고, 한결같이 실천하여 언제나 성(誠)을 유지할 수 있는 출발점이 경(敬)이라고 말한다. 경(敬)을 통해 마음과 자세가 올바른 이후에, 성(誠)의 보존과 실천이 가능한 것이다. 경(敬)은 성(誠)의 바탕이 되며, 성(誠)은 경(敬)을 실현하는 방식이 된다고 이해할 수 있다.

남명의 「성잠」은 겨우 12자이다. 그런데 그 속에 담긴 의미는 이처럼 깊으며, 자신이 추구하는 삶의 지향을 남김없이 담아내고 있다. 남명의 글은 이 잠언뿐만 아니라 다른 곳에서도 군더더기가 없다. 삶이 그러했으니 글도 이러하다. 마음이 결백했으니, 삶이 정갈하였다.

나는 어떠한가? 욕심이 줄어들면 그만큼 마음이 가벼워질 것이다. 마음이 가벼우면 삶도 그처럼 경쾌할 것이다. 하지만 여전히 마음도 삶도 무겁다. 살고자 하는 욕망, 더 잘 살고 싶은 욕심과의 싸움이 아직도 치열하기 때문이다. 나의 최대 적은 밖에 있지 않다. 내 속에 있는 끊어지지 않는 욕심이다. 내 삶의 승리는 남을 이기는 것이 아니라, 내 마음의 전쟁에서 이기는 것이다.

술을 경계하는 잠언

- 하항

봄물 일렁이고 싱그런 풀들 무성한데,

강가에서 이별 안타까워 아쉬움으로 속 태우네.

이런 때 술로 깊은 근심 쏟아내지 않을 수 없네.

밝은 창가 깨끗한 책상에 앉아 밤은 고요하고 티 없이 맑은데,

작은 화로에 청아한 향 피우고 성현을 대하네.

이런 때 술로 혼미하여 취해 잠들어선 아니 되네.

중용이란 먹고 마시며 움직이고 고요할 때에

어느 상황에서도 있지 않은 적 없네.

음식을 절제하고 행동을 절제하는 것이 이른바 중용이라네.

지금은 힘써 절제해야 할 때이니,

취해 혼몽해서는 아니 되네.

_誠酒箴

春流蕩漾 碧草綿芊 惜別江頭 離思黯然 此時不可無酒寫幽惆

明牕淨几 夜寂塵清 一炷淸香 對越聖賢 此時不可有酒昏醉眠

蓋中 於飮食於動靜 無處不在

節飮食節動靜 所謂中

今當剛制 不用醉蒙蒙

● **작자 소개 : 하항**(河沆, 1538~1590)

　자는 호원(浩源), 호는 각재(覺齋)이며, 본관은 진양(晉陽)이다. 남명의 문인으로, 진주 수곡에 살았다. 저술로 『각재집(覺齋集)』 이 있다.

● **작품 해설**

　각재 하항은 술에 대한 경계를 하면서 무조건 마시면 안 된 다고 말하지 않는다. 봄이 되어 강물이 새롭게 불어나고 풀들 은 푸르름이 더해지는데, 강가에서 이별을 하게 된다면 어찌 술로 깊은 근심을 쏟아내지 않을 수 있겠느냐고 말한다. 이럴 때에는 술을 통해 서로의 마음을 나누고 위로하는 것이 필요 하기 때문이다.

　하지만 고요하고 맑은 밤, 작은 화로에 청아한 향을 피우고 깨 끗한 책상에 앉아 성현의 책을 대할 적에는 술로 혼미하여 취한 채 잠들어서는 안 된다고 경계한다. 맑은 밤의 기운 속에서 책 으로 나아가 성인을 뵙고 대화를 나누기 좋은 때이기 때문이다.

하항은 술이 귀하게 쓰이는 경우가 있고 술을 삼가야 하는 때가 있는 점을 거론한 후 중용을 언급한다. 중용은 형이상학적인 철학이 아니라, 일상생활의 모든 상황에서 적용되는 덕목이라고 설명한다. 먹고 마시며 움직이고 멈추는 모든 일상의 행위들이 중용에 따라 절제되어야 한다.

중용은 고정되어 있는 중간이 아니라, 시간과 장소에 따라 그 상황 속에서 가장 적절한 상태라고 이해할 수 있다. 지나친 것은 모자라는 것과 같다는 뜻의 '과유불급(過猶不及)'라는 말이 『논어』에 있다. 중용은 모자라지도 지나치지도 않는 그런 상태이다.

나는 술을 마시면 끝까지 마시려는 못된 버릇이 있다. 번번이 중용에서 벗어나 '과한' 상황으로 치닫게 된다. 그런 후 다음날 술을 마신 일에 대해 후회한다. 좋은 모임의 귀한 술을 천박하게 전락시키는 것은 술이 아니라 나의 지나침으로 인해서이다. 나 같은 사람 때문에 중국 오대 말기와 북송 초에 높은 관직을 역임한 범질(范質, 911-964)은 술을 '미치는 약[狂藥]'이라고 표현하기까지 했다. 그러나 술은 언제 어떻게 마시느냐에 따라 '신의 눈물'이 될 수도 있고 '미치는 약'이 될 수도 있다. 그래서 하항은 술이 가지는 극단성을 경계하고 중용에 따라 선용(善用)하기를 원했다.

스스로 경계하는 잠언

- 하응도

망령되게 말하지 않는 것,
성(誠)에 들어가는 시작이라.
자신을 속이지 않는 것,
경(敬)에 거하는 관문이라.
공경하고 성실하면,
성인 현자 되기 어찌 어려우랴.
온몸이 기쁘게 따르리니,
차분하고 편안할 수 있으리.
큰 도가 여기에 있나니,
희구한다면 안연처럼 되리라.

_自警箴

不妄語 入誠之始 毋自欺 居敬之關

敬之誠之 聖賢何難 百體喜從 靜而能安 大道在是 希之則顔

마음의 전쟁에서 이겨라-남명학파 잠(箴) 작품해설-

● 작자 소개 : 하응도(河應圖, 1540-1610)

자는 원룡(元龍), 호는 영무성(寧無成)이며, 본관은 진양(晉陽)이
다. 남명의 문인이며, 저술로『영무성유고(寧無成逸稿)』가 있다.

● 작품 해설

중국 북송의 학자 명도(明道) 정호(程顥, 1032-1085)는 제갈량(諸葛
亮)에 대해, "제갈공명은 훌륭한 임금을 보좌할 마음이 있었지
만, 추구한 방법은 미진했다. 훌륭한 임금은 하늘과 땅처럼 사
사로운 마음이 없으므로, 한 가지 불의한 일을 행해 천하를 얻
을 수 있더라도 그렇게 하지 않는다. 그런데 제갈공명은 반드
시 성취하기를 원하여 유장(劉璋)을 취했다. 성인은 차라리 성
취함이 없을지언정 이런 짓을 할 수 없다."라고 평가했다.

제갈량의 자(字)가 공명(孔明)이므로, 흔히 이름인 량(亮) 대신
에 제갈공명이라고 일컬어진다. 명도 정호는 제갈공명이 훌륭
한 임금을 보좌해 세상을 평정할 뜻이 있었지만, 일을 추진한
방법에 있어서는 부족한 점이 있었다고 평가했다. 그 예로서
어리석고 나약한 유장이라는 인물이 유비에게 구원을 청해 끌
어들였다가 오히려 촉을 잃게 된 사건을 지적했다. 그리고 성
인은 한 가지 불의한 일을 행해 천하를 얻을 수 있더라도 그렇
게 하지 않기 때문에, 차라리 성취함이 없을지언정[寧無成] 이
런 짓을 할 수 없다고 단언했다.

하응도가 자신의 호를 '영무성(寧無成)'이라고 지은 근거가 정

호의 이 말에 있다고 판단된다. 차라리 목표를 이루지 못할지언정 추구하는 방법을 그릇되게 할 수 없다는 의미이다. 신영복 선생은 "목표의 올바름을 선(善)이라 하고 목표에 이르는 과정의 올바름을 미(美)라 하며, 목표와 과정이 함께 올바를 때 진선진미(盡善盡美)라 한다."라고 말했다. 이런 의미들을 종합해본다면, 영무성 하응도가 지향한 삶은 올바른 목표를 올곧은 과정을 통해 성취하려 했다고 이해된다.

위의 잠언에서도 이러한 그의 의식이 분명하게 드러난다. 성인과 현자가 되는 길이 고원한 데에 있는 것이 아니라 단지 성(誠)과 경(敬)에 있다고 말한다. 성과 경은 유학자들이 어떤 무엇보다 중요하게 여기는 개념이므로, 이것에 관한 다양한 해석들이 있다. 그런데 하응도는 성은 망령되게 말하지 않는 것이며 경은 자신을 속이지 않는 것이라고 풀이하여 매우 구체적이고 실천적인 의미로 제시한다.

함부로 말하지 않는 태도가 성실함이며, 자신을 속이지 않는 삶이 공경함이라는 뜻이다. 요즘 우리는 '성실하다'는 말에 대해 '열심히 일한다'는 의미로 이해하는 경향이 많은데, 하응도는 말을 삼가는 일이라고 한다. 자신이 지킬 수 있는 말인가? 해야 할 말인가? 하지 말아야 할 말인가? 이에 대해 생각해서 상황과 처지에 맞게 말을 하는 일이 성실한 삶이라는 것이다.

자신을 속이지 않는 것[毋自欺]은 『대학』에 있는 말이다. 『대학』 전6장에서는 자기의 뜻을 참되게 한다[誠意]는 말은 자

마음의 전쟁에서 이겨라-남명학파 잠(箴) 작품해설-

기를 속이지 않는다는 뜻인데, 이것은 악취를 싫어하는 것처럼 예쁜 여자를 좋아하는 것처럼 진정으로 하는 것이다. 그리고 스스로 흡족하다[自謙]고도 표현할 수 있다. 군자는 이러한 상태를 얻기 위해 항상 홀로 있을 때를 삼간다고 설명한다. 결국 자신을 속이지 않는 것은 자신이 알고 있는 올바름을 어기지 않는 일이며, 그런 실천을 남들이 보지 않는 홀로 있는 때에도 엄격하게 지키는 태도이다.

『대학』에서는 자기를 속이지 않는 일을 자신의 뜻을 참되게 하는 일로 연결지어 설명했다. 이에 비해 하응도는 공경한 태도로 살아가는 삶이란 자기를 속이지 않는 일로부터 시작된다고 이해했다. 어떤 것이 올바르다고 생각한다면 남들이 보거나 보지 않거나 관계없이 항상 어기지 않는 태도를 공경하다고 파악했다. 공경함은 남에 대한 태도로 이해하기 쉬운데, 곰곰이 생각해보니 자신을 속이지 않는 자세로부터 공경함이 시작된다는 하응도의 말이 보다 근본적이라는 사실을 알게 된다. 그의 말처럼, 짧은 몇 구절의 잠언 속에 큰 도가 있다는 의미를 깨닫게 된다. 남명 조식이 그러했듯이, 하응도는 성과 경을 실천하여 공자의 제자 가운데 뛰어난 인물이었던 안회(顔回)와 같이 되기를 바랐다. '그분들이 바라보고 좇아간 인격의 높이는 과연 어느 정도일까?'라는 생각을 해본다.

주일(主一)을
공부하는 것에 관한 잠언 (병술년)

– 성여신

성현의 훈계

서책에 실려 있으니,

안자의 사물(四勿)과 증자의 삼성(三省)이요,

맹자의 양기(養氣)와 자사의 일야(一也)라.

밝고 분명하게 드러나 있어,

내 마음 내 눈 환하게 비추니,

생각을 모으고 가지런히 하며,

아침에 더하고 저녁에 익히네.

밝은 창가 한낮의 고요한 때,

깨끗한 책상 한밤의 적막한 때,

나의 천군(天君)을 섬기는 일은

하나에 집중하여 딴 데로 가지 않는 것이라.

마음의 전쟁에서 이겨라-남명학파 잠(箴) 작품해설-

_學一箴 (丙戌)

聖賢之訓 布在方册 顔勿曾省 孟養思一

昭然的然 照我心目 凝思齊慮 朝益暮習

明牕晝靜 淨几夜寂 事我天君 主一無適

● 작자 소개 : (成汝信, 1546-1632)

　자는 공실(公實), 호는 부사(浮查)이며, 본관은 창녕(昌寧)이다.
이모부인 조계(槽溪) 신점(申霑)을 비롯해 약포(藥圃) 정탁(鄭琢), 구
암(龜巖) 이정(李楨), 남명 등에게 수학했다. 저술로 『부사집(浮查
集)』이 있다.

● 작품 해설

　부사 성여신은 성현의 훈계가 서적을 통해 밝고 분명하게 드
러나 있어 자신의 마음과 눈을 환하게 비춘다고 한다. 그가 대
표적으로 제시한 성현의 훈계는 네 가지이다. 공자의 제자인
안회(顔回)의 사물(四勿)과 증삼(曾參)의 삼성(三省), 자사(子思)라는
자(字)로 더 많이 알려진 공자의 손자인 공급(孔伋)의 일야(一也),
자사의 학통을 계승한 맹가(孟軻)의 양기(養氣) 등을 거론했다.

　사물(四勿)은 안회가 공자에게 인(仁)이 무엇인지 여쭙자 자신
의 욕심을 이겨내어 올바른 도리인 예의를 회복하는 일[克己復
禮]라고 말씀한 후, 실천해야 할 구체적인 조목으로 예의가 아

니면 보지 말며[非禮勿視], 예의가 아니면 듣지 말며[非禮勿聽], 예의가 아니면 말하지 말며[非禮勿言], 예의가 아니면 행동하지 말라[非禮勿動]는 네 가지 금기를 제시한 것을 가리킨다.

공자는 누군가가 질문을 하면 그 사람의 수준과 상황에 적용할 수 있는 내용으로 대답해주었다. 『논어』에는 공자가 안회의 공부하는 자세와 노력을 칭찬한 말이 여러 차례 나온다. 그런 말들을 통해 공자가 안회를 얼마나 아끼고 기대했는지를 깊이 느낄 수 있다. 따라서 공자가 안회에게 인을 어떻게 설명했으며 실천하는 방법을 무엇이라 말했는지는 후대 학자들의 귀를 쫑긋하게 한다.

공자는 안회에게 자신의 욕심을 이겨내어 사람이 따라야 할 올바른 도리인 예의를 회복하는 일이 인이라고 설명해주었다. 자신의 내면에 뿌리내리고 있는 끊어지지 않는 질긴 욕심을 치열한 수양을 통해 이겨내어 사람이 추구해야 할 보편적 도리인 예의를 회복하라는 말이다. 이것은 마치 저울과 같아서 한 쪽이 무거우면 다른 쪽이 기울어질 수밖에 없다. 자신의 사사로운 욕심이 가득차면 그만큼 올바른 도리인 예의는 줄어들게 되며, 욕심을 이겨내어 사그라지게 하면 그만큼 예의는 가득차게 된다.

그런데 욕심을 이길 수 있는 방법은 특별한 무엇이 아니라, 자신의 눈·귀·입·행동을 단속하여 삼가는 일이다. 자신의 눈과 귀에 나쁜 것이 들어오지 않게 하며, 자신의 입과 행동에 나쁜 것을 내보내지 않는 것이다. 들어오는 것이 올바르고 내보내는 것이 올바르다면 자신의 욕심을 이겨내고 예의를 회복할 수 있다는 말이다. 예를 들자면, 음란한 동영상을 보면서 '음란한 생각을 안 해야지'라는 것보다 애초에 음란한 동영상을 보지 않는 것이 음란한 생각을 이겨낼 수 있는 방법이다.

증삼의 삼성(三省)은 '세 가지를 반성한다.'라는 뜻으로 해석할 수 있는데,『논어』에 있는 말이다. 증삼은 날마다 자신을 돌아보며 세 가지를 반성했는데, ① 다른 사람을 위해 어떤 일을 추진할 때 최선을 다했는가? ② 벗과 교유할 때 진실했는가? ③ 전수받은 내용을 스스로 익혔는가? 등이다.

증삼은 공자 문하의 제자들 중에서 연소한 그룹에 속했으며, 공자가 그에 대해 '둔하다[魯]'라고 자질을 평가했다. 그럼에도 불구하고 그가 공자의 적통을 계승했다고 인정받는 이유는 위의 세 가지 반성에 보이듯이, 날마다 자신을 성찰하고 그런 노력을 마지막 숨을 거둘 때까지 실천했기 때문이다.『예기』에 증삼의 임종에 관한 다음과 같은 기록이 보인다.

증자(曾子)가 병이 위독해 임종할 즈음에 악정자춘(樂正子春)은 침상 아래에 앉아 있었고 증원(曾元)과 증신(曾申)은 발아래에 앉아 있었으며, 동자는 모퉁이에 앉아 촛불을 잡고 있었다. 그때 동자가 "화려하고 아름답습니다. 대부의 대자리가 아닙니까?"라고 지적했다. 악정자춘이 저지하며 "말을 그만두라."라고 했는데, 증자가 그 말을 듣고 놀라서 탄성을 냈다. 동자가 다시

"화려하고 아름답습니다. 대부의 대자리가 아닙니까?"라고 거듭 말했다.

이에 증자가 "그렇다. 이 대자리는 계손(季孫)이 하사한 것이다. 내가 이제껏 바꾸지 못하고 있었구나. 증원아, 나를 일으키고 대자리를 바꾸어라!"라고 말했다. 증원이 대답하길 "선생님의 병이 위중하니, 바꿀 수 없습니다. 다행이 내일 아침까지 이르게 된다면 삼가 바꾸기를 청합니다."라고 했다. 그러자 증자가 "네가 나를 사랑하는 것이 저 아이만 못하구나. 군자는 덕으로써 다른 사람을 사랑하고 소인은 임시적인 방법으로 다른 사람을 사랑한다. 내가 무엇을 추구할 것인가? 나는 올바름을 얻은 후 쓰러져 죽는다 한들 그뿐이다."라고 깨우쳤다. 증자를 부축해 일으키고 대자리를 바꾸었는데, 침상에 채 눕기도 전에 숨을 거두었다.

맹자(孟子)의 양기(養氣)는 호연지기를 기르는 것을 말한다. 맹자 스스로가 자신은 '말을 이해하고 호연지기를 기르는 일을 잘 한다[我知言 我善養吾浩然之氣]'고 밝혔다. 그리고 호연지기는 일시적인 의분에 의해 일어나는 것이 아니라, 의로움이 지속적으로 쌓일 때 생기는 것이라고 말했다. 이것에 근거한다면, 호연지기란 산에 올라 탁 트인 시야를 보면서 생기는 것도 아니며 의협심을 가진 호걸의 기상도 아니다. 평소에 의로움이 무엇인지 생각하고 실천하는 삶이 오랫동안 축적되어야 차츰차츰 내면을 가득 채우는 기운이라고 이해할 수 있다.

자사(子思)의 일야(一也)는 그가 지었다고 전해지는 『중용(中庸)』에 나오는 말이다. 온 세상에 모두 적용될 수 있는 보편적인 다섯 가지 도리[達道]와 세 가지 덕[達德]이 있다고 한다. 다섯 가지 도리는 군신(君臣), 부자(父子), 부부(夫婦), 형제[昆弟], 붕우(朋友) 등의 관계를 가리킨다. 세 가지 덕은 그 다섯 가지 관계를 행할 수 있는 덕성으로, 지혜[知], 사랑[仁], 용기[勇] 등이다. 그리고 일야(一也)는 다섯 가지 관계를 세 가지 덕성으로 행할 수 있는 가장 근원적인 요소로, 성실[誠]이다. 『중용』은 다양한 표현으로 하늘의 도와 사람의 도리를 말하면서 끝내 성실(誠)로 귀결시키고 있다. 따라서 일야(一也)는 『중용』의 핵심인 성실을 가리키는 말이다.

성여신은 안자의 사물(四勿), 증자의 삼성(三省), 맹자의 양기(養氣), 자사의 일야(一也) 등과 같은 성현의 훈계가 서책을 통해 밝고 분명하게 드러나 있어 자신의 마음과 눈을 환하게 비추어 준다고 여겼다. 그러므로 생각을 모으고 가지런히 하여 아침에는 새로운 공부를 더하고 저녁에는 배운 것을 복습하는 학업의 일상을 꾸준히 실천했다.

그리고 밝은 창가 한낮의 고요한 때이든 깨끗한 책상 한밤의 적막한 때이든 간에, 언제나 자신의 마음을 주재하는 천군(天君)을 섬기는 일은 하나에 집중하여 딴 데로 가지 않는 것[主一無適]이라고 이 잠언의 핵심을 마지막 부분에서 밝혔다. 천군은 마음 다스리는 일을 하늘로부터 내려온 임금에 비유한 말로, 남명이 「신명사도(神明舍圖)」에서 사용한 '태일군(太一君)'과 같은 뜻이며, 동강(東岡) 김우옹(金宇顒, 1540-1603)이 「신명사도」와 「신명사명(神明舍銘)」을 부연하여 지은 「천군전(天君傳)」과 같은 용어이다.

성여신은 이 천군을 섬기는 일은 주일무적(主一無適)의 경(敬)을 통해 가능하다고 말했는데, 이것 역시 「신명사도」에서 천군을 보좌하는 총재 경(敬)의 역할과 성격을 나름의 이해에 바탕하여 표현한 것이다. 따라서 이 잠언의 전체적인 내용을 요약하자면, 서책에 실려 있는 성현의 훈계를 아침저녁으로 부지런히 배우고 익혀야 하며, 그런 일상의 학업을 행할 때 가장 근원적이고 핵심적인 요소는 자신의 마음을 하나에 집중하여 딴 데로 가지 않는 경(敬)의 상태를 유지하는 것이라고 성여신은 말했다.

늦게 깨달은 것에 대한 잠언 (정미년)

– 성여신

네 나이 많지만, 네 덕은 높지 않구나.

네 형체 온전하건만, 네 모습 불초하도다.

그 이유 차분히 생각해보니, 마음을 붙잡지 못함이라.

어떻게 마음을 붙잡아야 하나? 성인의 지극한 가르침 있네.

박문약례(博文約禮) 한 말씀, 지결이며 요체이네.

아침 일찍부터 부지런하고, 시간을 아껴 독실하게 힘써야 하네.

게으르지도 거칠게도 하지 말지니, 예의가 아니면 행하지 말라.

아침에 도를 듣고 저녁에 죽더라도, 나의 할 일은 끝이 났네.

_晚寤箴 (丁未)

爾年雖高 爾德不邵 爾形雖具 爾貌不肖

靜思厥由 由心未操 操之何以 聖有至敎

博約一語 旨而且要 惕雞孜孜 惜陰慥慥

無怠無荒 非禮勿蹈 朝聞夕死 吾事已了

● 작품 해설

　성여신이 이 잠언을 지은 때는 정미(1607)년으로, 62세 되는 해였다. 조선시대 사람은 15세 무렵 장가를 가서 마흔 안팎이 되면 할아버지가 된다. 오늘날 우리의 인생 주기 및 수명과 비교한다면, 20년 정도가 빠르다고 말할 수 있다. 그렇다면 성여신이 62세에 느낀 심회는 현재 우리의 연령으로 환산한다면 80세의 노인이 체감하는 정서라고 이해된다.

　그는 고령에 이른 자신의 모습을 돌아보며, '나이는 많지만 덕은 높지 않고, 형체는 온전하나 모습은 불초하다.'라고 고백한다. 그런 후 그 이유를 생각해보니, 마음을 붙잡지 못했기 때문이라는 사실을 알게 된다. 그리고 마음을 붙잡기 위해서는 공자의 '널리 문장을 배우고 예의로써 요약한다[博文約禮]'라는 말씀이 지결이며 요체라는 사실을 깨달았다.

　'널리 문장을 배우고 예의로써 요약한다[博文約禮]'는 말씀이 무슨 까닭으로 마음을 붙잡는 지결이며 요체가 될까? 『논어』에 이것과 관련된 내용이 두 군데 있다. 하나는 「옹야(雍也)」에 '군자는 문장에서 널리 배우고 예의로써 요약한다.'는 공자의 말씀에 보인다. 다른 하나는 「자한(子罕)」에서 안회(顏回)가 공자의 교육 방법을 회고하며 '문장으로써 나를 넓혀주셨고 예의로써 나를 요약되게 하셨다.'라고 한 말에 담겨 있다. 문(文)을 문장으로 번역했지만, 글이나 문학을 가리키는 좁은 의미이기 보다는 문학·학문·문화 등을 두루 포괄하는 뜻으로 이해된다. 그리고 예의도 일상의 예의범절에 국한되는 말이 아니라, 사람으로서 마땅히 실천해야 하는 도리와 규범 등을 뜻하는 넓은 개념으로 파악하는 것이 『논어』의 본래 뜻과 가까운 듯하다.

문장을 통해 지식을 확장하고 예의에 의해 행동을 단속하는 것이 박문약례이다. 지식과 행동 가운데 어느 쪽으로도 기울지 않고 조화로운 균형을 이루는 삶이다. 성여신은 이런 균형을 '마음을 붙잡는 것'이라고 표현했다. 끝없는 지식만 추구하다 보면 마음은 걷잡을 수 없는 곳으로 치달아 귀착점이 없게 된다. 앎이 없이 행동만을 내세우게 되면 마음은 어디로 가야 할지 방향성을 잃게 된다. 그러므로 지식을 통해 마음이 추구해야 할 다양한 길을 폭넓게 알 수 있으며, 예의에 의해 마음을 단속하여 자율적인 삶을 살아갈 수 있다.

성여신은 박문약례에 담긴 깊은 뜻을 예순을 넘긴 노인이 되어서야 깨달았다. 그래서 늦게나마 깨달은 사실에 대한 잠언을 지어 남은 여생은 아침 일찍부터 삼가 부지런하며 시간을 아껴 독실하게 힘쓰길 원했다. 여생이 얼마 남지 않았다고 여겨 게을러지지도 말고 조급하게 생각해서 거칠게 대충 하지도 말며 오직 예의에 따라 살아가기를 바랐다. 공자가 '아침에 도를 듣는다면 저녁에 죽더라도 괜찮겠다.'라고 말씀했듯이, 성여신은 이런 삶을 살아가다 어느 순간 숨이 멈춘다고 하더라도 '나의 할 일은 끝이 났다.'라고 담담하고 편안하게 말할 수 있다고 생각했다.

　마치 그는 바쁜 삶을 정신없이 살아가는 우리에게 잘못된 목적지를 향해 열심히 달려가는 삶을 살지 말고, 무엇이 옳은 삶인지를 분명하고 절실하게 깨달아 그것을 향해 쉼 없이 걸어가다가 숨이 멈추는 그 자리에서 편안히 떠나라고 말해주고 있는 듯하다.

마음의 전쟁에서 이겨라-남명학파 잠(箴) 작품해설-

성성재에 관한 잠언
서문을 병기함 (갑인년)

- 성여신

　나의 다섯째 아들 황(鍠)은 기상과 국량이 있어 원대한 일을 이룰 그릇인 듯하다. 그런데 뜻과 기질이 혼미하고 나태하여 태평스레 게으르다. '썩은 나무는 조각할 수 없다.'라는 것은 재여(宰予)에게 배운 것이며, '게으름은 어느 누구도 비할 수 없네'라는 것은 도잠(陶潛)의 아들을 본받은 것이다. 내가 그런 점을 근심했었다.

　어느 날 나에게 고하길, "종이 붙이를 얻어 한 권의 책으로 묶어 제가 지은 시를 적어놓고 성취와 변화의 기틀을 살펴보고자 하는데, 어떠하십니까?"라고 말했다. 내가 기뻐하면서 "좋구나. 네가 구하고자 하는 대로 하라. 네가 구하고자 하는 대로 하라. 날마다 공부한 것을 점검하는 것은 매우 좋은 일이다. 만약 진보하거나 퇴보하며 생소하거나 익숙한 부분에 대해 고찰하여 잘못된 점은 처방하고 미치지 못한 점은 나아가도록 할 수 있다면, 훗

마음의 전쟁에서 이겨라-남명학파 잠(箴) 작품해설-

날 성취한 것을 헤아릴 수 있겠구나."라고 말했다. 이에 한 묶음
의 종이를 내어 손수 책으로 만들어 그 제목을 '성성재사고(惺惺齋
私稿)'라고 썼다. '성성(惺惺)'이라는 글자는 진실로 게으름의 아교
(阿膠)[2]이다. 인하여 잠언을 지어 스스로 성찰하게 하노라. 잠언은
다음과 같다.

　한 몸의 주인은 오직 마음이다.

　한 마음의 주인은 오직 경(敬)일 뿐이다.

　마음은 몸의 주인이며, 경(敬)은 마음의 주인이다.

　주인이 주인 노릇하면 집안에 빛이 난다.

　주인이 주인 되지 못하면 집안이 황폐하게 된다.

　지키는 방법은 항상 깨어있는 것일 뿐이라.

　귀한 손님 접대하듯 큰 제사 받들 듯,

　의관을 정제하고 시선을 존엄하게 하라.

　닭과 개를 잃어버린 듯 찾아 반드시 존재하게 하라.

　몹시 취한 듯 혼몽하다면, 불러 깨우쳐 잠들지 않게 하라.

　고요할 땐 존양해야 하며, 움직일 적엔 성찰해야 하네.

　닭이 알을 품고 있는 듯, 고양이가 쥐구멍을 지키듯이 해야 하네.

　반드시 삼가고 경계하며 잠시라도 중단하지 말라.

2) 아교(阿膠) : 흐린 물을 맑게 하는 물질이다. 『서경(書經)』「우공(禹貢)」에 나오는 '윤
　수를 인도하되 동쪽으로 흘러 제수가 되어[導沈水 東流爲濟]'라는 구절의 집전(集傳)
　에 말하기를, "동아(東阿)는 제수(濟水)가 경유하는 곳인데 우물물을 취해 갖풀[膠]을
　끓인 것을 아교라 하니, 이를 혼탁한 물에 넣어 흔들면 맑아진다."라고 했다.

마음의 전쟁에서 이겨라-남명학파 잠(箴) 작품해설-

이 일 생각하며 부지런히 행한다면, 걸어 다니는 시체를 면할
수 있으리라.

애비가 잠언을 지어 고하노니, 네가 선하게 되기를 권면하노라.

_惺惺齋箴 幷序　甲寅
翁之第五男曰鋭 有氣像有局量 似是遠大之器 而志氣昏惰 居然
而倦 朽木不可雕 學宰予 懶惰古無匹 效陶兒 余嘗患之矣 一日告
余曰 欲得紙地 束作一卷 書兒所作詩 觀其成就轉移之機何如 余喜
之曰 善 如爾之求也 如爾之求也 日點其所爲做工夫 極好底事 苟
能考進退生熟之節 病者藥之 不及者進之 則他日所就 其可量耶 於
是出紙一束 手自粧綴 書其題目曰惺惺齋私稿 爲惺惺字 實是懶惰
者之阿膠 因作箴 俾自省焉 箴曰

一身之主 曰惟心矣 一心之主 曰惟敬耳
心爲身主 敬爲心主 主而爲主 光生門戶
主而失主 茅塞堂宇 守之之法 惺惺是已
賓焉祭焉 正冠尊視 放如鷄犬 求而必在
昏若沈醉 喚而勿寐 靜須存養 動必省察
如鷄伏卵 如猫守穴 必謹必戒 無間食息
顧諟孜孜 期免走肉 父作箴告 勉爾式穀

● 작품 해설

아버지가 자식에게 바라는 마음은 얼마나 큰 것일까? 더군다나 자식이 좋은 자질과 재능을 타고 났지만 뜻이 없고 노력을 기울이지 않아 성취를 이루지 못한다면 얼마나 더 안타까울까? 잠언의 서문을 통해 성여신이 아들 성황(成鎤, 1595-1665)에게 가지는 기대와 안타까움을 여실하게 느낄 수 있다.

재여(宰子)는 공자의 제자이다. 어느 날 그가 낮잠을 잤었는데, 공자가 "썩은 나무에는 조각할 수 없으며, 썩은 흙으로 만든 담장에는 흙손질을 할 수 없다. 재여에게 무엇을 책망하랴? 처음에는 내가 다른 사람에 대해 그의 말을 듣고 그의 행실을 믿었는데, 이제 나는 다른 사람에 대해 그의 말을 듣고 그의 행실을 살피노라. 재여로 인해 이것을 바꾸게 되었다."라고 심하게 꾸짖었다.

공자가 이처럼 심한 책망을 한 경우가 드물며, 더욱이 낮잠 때문에 이와 같이 꾸짖는 것은 아무래도 납득이 되지 않는다. 그래서 여러 학자가 주침(晝寢)에 대해 다양한 해석을 내놓았다. 화침(畵寢)으로 해석하여 침실에 야한 그림을 그려놓았다는 설이 있기도 하며, 대낮에 침실에 있었다는 것은 말로 옮길 수 없는 그 무엇이 있었다는 의미라고 이해하기도 한다. 어떠한 해석이건 간에 '썩은 나무에는 조각할 수 없다.'는 말은 아무런 가망이 없다는 뜻을 비유한 표현이다.

도잠(陶潛, 365-427)의 자가 연명(淵明)이므로, 도연명이라고도 많이 알려졌다. 도잠이 지은 「자식을 책망하며(責子)」라는 시를 보자면, 그에게는 다섯 아들이 있었는데 모두 공부를 좋아하지 않았다. 서(舒)는 열여섯 살인데 게으르기가 짝이 없고, 선(宣)은 열다섯 살이 되었으나 문장과 학술을 좋아하지 않으며, 옹(雍)과 단(端)은 열 세 살인데도 6과 7을 구분하지 못하며, 통(通)은 아홉 살이지만 난지 배와 밤만 찾는다고 탄식했다.

성여신은 다섯째 아들 성황을 재여 및 도잠의 아들에 견주어 염려하는 마음을 표현했다. 그런데 그 아들이 어느 날 마음을 새롭게 하여 공부에 힘쓰기를 각오했다. 그리고 부친에게 공책을 묶어 자신이 지은 시를 적어놓고 성취와 진보의 정도를 점검하면 어떻겠냐고 말씀드렸다. 성여신은 매우 기뻐하며 그렇게 하라고 허락한 후, 그 공책의 제목을 '성성재사고(惺惺齋私稿)'라고 붙이고 아울러 이 잠언을 지어주었다. 성황의 호가 성성재(惺惺齋)인데, 이 일을 계기로 부친이 지어준 것임을 알 수 있다.

경(敬)에 대한 해석은 크게 네 가지가 있다. 이천(伊川) 정이(程頤)는 하나에 집중하여 다른 곳으로 흐트러지지 않는 것[主一無適]과 행동을 반듯하게 하고 몸가짐을 엄숙하게 하는 것[整齊嚴肅]이라는 두 가지 설을 말했다. 상채(上蔡) 사량좌(謝良佐)는 항상 마음이 깨어 있는 것[常惺惺]이라고 했으며, 화정(和靖) 윤돈(尹焞)은 마음을 수렴하여 어떠한 사물도 용납하지 않는 것[其心收斂 不容一物]이라고 해석했다.

성여신이 아들에게 성성(惺惺)을 통해 게으름의 병통을 고칠 것을 권면한 것은 경(敬)에 관한 사량좌의 설을 인용해 말했다고 볼 수 있다. 그리고 남명이 자신의 마음을 항상 깨어있도록 하기 위해 성성자(惺惺子)라는 방울을 차고 다닌 일을 상기할 수 있다.

성여신은 잠언에서 한 몸의 주인은 마음이며 마음의 주인은 경이라고 정의했다. 주인이 주인노릇을 하면 그 집안은 빛이 나고 제대로 하지 못하면 황폐하게 되는 것처럼, 마음을 지키는 방법은 항상 깨어있는 것[惺惺]을 통해 가능하다고 일깨웠다.

'귀한 손님을 접대하듯이 큰 제사를 받들 듯이 한다.'는 말은 『논어』에 나오는 말이다. 중궁(仲弓)이 인(仁)에 관해 여쭙자, 공자는 "문 밖을 나가면 귀한 손님을 만난 듯이 하며, 백성을 부릴 적엔 큰 제사를 받들 듯이 해야 한다. 자기가 하고 싶은 않은 일을 남에게 시키지 말라. 나라에 있을 때에도 원망하는 이가 없고 집안에 있어서도 원망하는 사람이 없어야 한다."라고 말해주었다.

'의관을 바르게 하고 시선을 존엄하게 한다.'는 말은 주희가 지은 「경재잠(敬齋箴)」의 '정기의관(正其衣冠) 존기첨시(尊其瞻視)'를 줄여서 표현한 것이다. '닭과 개를 잃어버린 듯이 찾아 반드시 마음을 보존하라.'는 구절은 맹자가 사람들이 닭과 개를 잃어버리면 찾을 줄을 알면서 자신의 마음은 잃어버리고도 찾지

마음의 전쟁에서 이겨라-남명학파 잠(箴) 작품해설-

않는다고 탄식한 말에 근거한 것이다. '달이 알을 품고 있는 듯, 고양이가 쥐구멍을 지키듯이 해야 한다.'는 표현은 남명의 「신명사명」 부주(附註)에 보인다. 원문을 인용하자면, '용이 여의주를 보살피듯 마음에 잊지 말며, 닭이 알을 품듯 기운을 끊지 말며, 고양이가 쥐구멍을 지키듯 정신을 흩트리지 말래[如龍養珠心不忘 如鷄伏卵氣不絶 如猫守穴神不動].'라고 했다.

성여신은 마지막 부분에서 이런 일을 생각하고 부지런히 행한다면, 걸어 다니는 시체가 되는 것을 면할 수 있다고 말한다. '걸어다니는 시체'는 마음을 잃어버린 채 살아가는 사람을 비유한 말이라고 이해된다. 참으로 기막힌 표현이다. 나 역시 얼마나 자주 마음을 잃고서 시체로서 살아가는 일이 많은가.

아버지가 자식에게 주고 싶은 것은 세상에서 가장 귀하고 아름다운 것이리라. 성여신이 아들에게 주고 싶었던 이 가르침을 나의 아버지 말씀처럼 마음에 새긴다. 훗날 나는 자식에게 어떤 말을 들려줄까? 깨끗한 종이에 아버지로서 인생의 선배로서 어떤 말을 담아 전해줄까?

호흡을 조절하는 것에 대한 잠언

- 곽재우

비워짐이 지극하고 고요함이 독실하면 맑고도 깨끗해지네.

상념을 그치고 생각을 끊으면 깊고도 아득해지네.

물은 생겨나 스며들고 불은 일어나 타오르네.

정신과 기운 혼연히 합하여 내면이 안정되고 단전이 이루어지네.

_調息箴

虛極靜篤 湛湛澄澄 止念絶慮 杳杳冥冥

水生澆灌 火發熏烝 神氣混合 定裏丹成

● 작자 소개 : 곽재우(郭再祐, 1552-1617)

자는 계수(季綏), 호는 망우당(忘憂堂)이며, 본관은 현풍(玄風)이
다. 남명의 외손서이자 문인이다. 임진왜란이 일어나자 의병
을 일으켜 활약했으며, 홍의장군(紅衣將軍)이라고 일컬어졌다.

저술로 『망우당집(忘憂堂集)』이 있다.

● 작품 해설

곽재우(郭再祐)의 「조식잠(調息箴)」은 호흡법을 통해 내면을 수양하는 방법에 관해 말하고 있다. 이런 수양 방법은 다른 잠언에서 제시하는 내용들과 매우 다른 것으로, 불가(佛家)의 수식법(數息法)이나 도가(道家)의 기수련(氣修鍊)과 상통하는 부분이 많다고 보인다.

그러나 주희가 「조식잠(調息箴)」3)을 지은 사실이나, 조선 초기 사림의 종장으로 추숭되는 한훤당(寒暄堂) 김굉필(金宏弼)이 첫닭이 울면 콧숨을 헤아려 마음을 통일하는 수식(數息)을 행한 일4)로 미루어 볼 때, 곽재우가 추구한 수양 방법이 불가와 도가의 방법이라고 단정할 수는 없을 듯하다. 다만 조선시대의 일반적인 유학자가 추구한 성리학적 명제에 근거한 수양 방법과는 성격을 달리한다고 그 차이점을 지적할 수 있다.

곽재우는 이 잠언에서 비워짐이 지극하고 고요함이 독실하면 내면의 상태가 맑고도 깨끗해진다고 말한다. 상념을 그치고 생각을 끊으면 정신이 깊고도 아득해진다고 묘사했다. 물

---

3) 주희(朱熹), 『회암집(晦庵集)』 권85, 「조식잠(調息箴)」. "鼻端有白 我其觀之 隨時隨處 容與猗移 靜極而噓 如春沼魚 動極而翕 如百蟲蟄 氤氳開闢 其妙無窮 孰其尸之 不宰之功 雲臥天行 非予敢議 守一處和 千二百歲"

4) 조식 지음/남명학연구소 옮김, 『국역 남명집』, 「서경현록후(書景賢錄後)」, 한길사, 2001, 378-379면.

은 생겨나면 아래로 스며들고 불은 일어나면 위로 타올라 서로 다른 성질과 지향을 갖는다. 정신과 기운도 이것과 유사한 면모를 가지는데, 이 두 가지가 혼연하게 합해진다면 내면이 안정되고 단전이 이루어질 수 있다고 설명했다.

　이런 계통의 수양 방법에 대해 문외한이므로, 자세한 내용을 이해할 수 없다. 다만 이 잠언을 번역하고 원문을 수록하여 관심 있는 독자들에게 자료가 되길 원하는 뜻에서 소개한다.

스스로 경계하는 잠언

- 이전

사람의 한 마음, 온갖 선이 모두 들어있네.

성인 현인 되는 길, 나에게 달려 있네.

일상에서의 공부, 존양과 궁리에 불과하네.

이 마음 수렴하여 달아나지 않게 해야 하네.

사물을 탐구하여 관통하지 못함 없어야 하네.

이처럼 해나갈 수 있다면 성찰의 공부를 더해야 하네.

생각이 은밀하고 미묘하게 일어나는 사이,

천리와 인욕의 구분을 몸소 인지해야 하네.

한 칼에 두 동강을 내는 건, 경(敬) 한 글자이네.

처음부터 끝까지 남김없이, 한 순간도 그만두어선 안 되네.

용모를 엄숙하게 정제하여 게으르지도 거짓되지도 말라.

자연스레 안과 밖 같아지면,

이것이 학문하는 근본이며, 진실로 유학자의 일이라.

늙은 나 혼미하고 어리석어 향상하는 공부에 어둡네.

홀로 배우고 도와주는 이 없어 장님이 지팡이 잃은 듯하네.

(우로와 석제가 연달아 세상을 떠나 의문이 있어도 강론할 이가 없으니 상심과 비통

이 더욱 깊다)

평생 소인으로의 귀결 면치 못함을 스스로 슬퍼하고,

옛사람 90세에도 잠언 지은 일에 깊이 부끄럽네.

주부자(朱夫子)의 훌륭한 훈계 가슴에 간직하노라니,

간절하게 열어주고 보여준 말씀 더욱 감동스러워라.

바라건대 애써 노력하고 힘써 실천한다면,

노쇠와 병이 닥쳐옴 알지 못하리라.

짧은 잠언을 써서 스스로 경계하며,

내 마음에서 잊지 않도록 맹세하노라.

　　　　무인년(1638) 10월 모일 월간노인이 쓰노라.

_自儆箴

人之一心 萬善皆備 爲聖爲賢 在我而已

惟其日用工夫 不過日存養窮理

收斂此心 而勿令放逸 講明事物 而無不貫通

旣能如此上去 乃加省察之功

思慮隱微之間 便須體認天理人欲之分

一劍兩段 大抵敬之一字 徹頭徹尾 不可頃刻間斷

莊整齊肅 不慢不欺 自然表裏如一

此乃爲學根本 實是儒者事業

老我昏愚 昧於向上 獨學無助 如瞽失相

(愚老石弟 相繼逝去 有疑無所講 傷痛益深)

自悼平生未免小人之歸 深愧古人猶箴九十之齡

佩服朱夫子之至訓 益感開示之丁寧

庶幾勉勵而力行 不知衰病之侵尋

書短箴以自儆 誓勿忘於吾心

戊寅陽月日 月澗老人書

● 작자 소개 : 이전(李㙉, 1558-1648)

　　자는 숙재(叔載), 호는 월간(月澗)·목재(睦齋)이며, 본관은 흥양
(興陽)이다. 복재(復齋) 정국성(鄭國成)과 서애(西厓) 유성룡(柳成龍)
등의 문하에서 수학했으며, 정경세(鄭經世)와 친분이 두터웠다.
저술로 『월간집(月澗集)』·『성학요결(聖學要訣)』·『향상요결(向上要
訣)』 등이 있다.

● 작품 해설

　　전반부까지는 수양론에 관한 개괄적 설명을 했으며, 후반부
에는 자신을 돌아보며 새로운 각오를 다짐했다.

　　'사람의 마음에 온갖 선이 모두 들어있다.'는 말은 성선설(性
善說)에 근거하여 마음을 설명한 것이다. 성선설에 따르자면,
사람은 누구나 선한 본성을 가지고 태어나므로 이미 선을 행

할 수 있는 이치와 능력이 마음속에 구비되어 있다. 그런데 사람들이 모두 다 선을 행하는 것은 아닌 까닭은 무엇인가? 그 이유는 저마다 타고난 기질이 다르기 때문에, 맑은 기질을 가진 사람은 선한 본성을 발현하기가 쉽고 탁한 기질을 가진 사람은 방해를 받아 발현하기 어렵다고 설명한다. 그러므로 선한 본성을 발현하여 선을 행하기 위해서는 자신의 기질을 맑게 바꾸어가는 수양이 요구되는 것이다.

이전(李㙉)은 잠언의 첫 부분에서 우리 마음속에 온갖 선이 모두 들어 있으므로 선을 행할 수 있는 이치와 능력을 이미 가지고 있다는 사실을 먼저 전제했다. 따라서 이런 가능성을 누구나 가지고 있기 때문에 성인과 현인이 되는 길은 자신에게 달려 있다고 말했다. 그런 후 자신이 힘써야 할 수양이 무엇인지를 제시했는데, 그것은 크게 존양(存養)과 궁리(窮理)로 대별된다.

존양은 존심양성(存心養性)의 줄임말로, 마음을 보존하고 본성을 기른다는 뜻이다. 궁리는 이치를 탐구한다는 의미이다. 존양을 통해 자신의 내면을 올바르게 유지하며, 궁리에 의해 옳고 그름에 대한 판단 능력을 기른다. 이와 같은 수양의 양대 목표 하에 세부적인 수양 방법에 대해 설명해 나가고 있다.

마음을 수렴하여 달아나지 않게 하는 일은 존양에 해당하며, 사물을 탐구하여 환히 꿰뚫는 일은 궁리에 속한다. 존양과 궁리를 해나갈 수 있다면, 여기에 성찰하는 공부를 더해야 한다고 한다. 은밀하고 미묘하게 생각이 일어나는 순간, 그것이 공명정대한 천리(天理)에서 나온 것인가 개인적 욕심에서 일어난 인욕(人欲)인가를 명확하게 알아차려야 한다. 그리고 천리와 인욕의 사이에서 한 칼에 두 동강을 내는 건 경(敬) 한 글자이며, 처음부터 끝까지 남김없이 경(敬)을 유지해야 하고 한 순간도 중단되지 않도록 경(敬)을 지속해야 한다고 설명한다.

이처럼 내면의 수양을 철두철미하게 진행하는 가운데, 바깥의 행동은 용모를 엄숙하게 정제하여 게으르지도 거짓되지도 않게 해야 한다. 마침내 마음속의 내면과 바깥의 행동이 일치되는 삶, 이것이 바로 학문의 근본이며 유학자가 추구해야 할 일이라고 작자는 말했다.

작자가 이 작품을 지은 때는 1638년이며, 당시 그의 나이 81세였다. 매우 고령의 나이였으므로, 절친한 벗인 우복(愚伏) 정경세(鄭經世, 1563-1633)와 아우 창석(蒼石) 이준(李埈, 1560-1635)은 이미 세상을 떠난 뒤였다. 주석에 보이는 우로(愚老)는 정경세를 가리키며, 석제(石弟)는 이준을 말한다. 아우와의 우애가 매우 돈독했는데, 임진왜란 때 백화산(白華山) 싸움터에서 작자가 갖은 위험과 고난을 겪어 가며 병으로 사경에 이른 동생을 업고 빠져 나와 생명을 구한 일이 「형제급난도(兄弟急難圖)」라는 그림으로 그려지고 칭송하는 글들이 지어졌다. 작자는 벗과 아우가 떠나고 홀로 남은 자신의 상황을 장님이 지팡이를 잃은 경우와 같다고 비유했다.

옛사람이 90세에도 잠언을 지어 자신을 경책했다는 말은 춘

추시대 위(衛)나라 무공(武公)이 95세의 나이임에도 불구하고 『시경』에 수록된 「억(抑)」이라는 시를 지어 스스로 경계했다는 고사를 가리킨다.

주자의 훌륭한 훈계는 추상적인 표현이므로, 구체적으로 무엇을 뜻하는지 알 수 없다. 『논어』에서 증자(曾子)가 "선비는 넓고도 굳세지 않을 수 없다. 인(仁)을 자기의 임무로 삼으니, 또한 무겁지 않겠는가? 죽은 이후에야 그만두니, 또한 멀지 않겠는가?"라고 말한 내용이 있다. 이 부분에서 주자는 '한 가닥의 숨이 아직 남아 있다면 이 뜻을 조금도 해이하게 할 수 없으니, 멀다고 말할 만하다[一息尙存, 此志不容少懈, 可謂遠矣].'라고 주석을 달았다. 이처럼 주자가 죽을 때까지 자신을 경계하고 진보하려는 노력을 멈추지 말아야 한다고 말한 내용들이 작자의 마음에 와 닿은 훌륭한 훈계가 아니었을까?

작자는 평생의 지기인 벗과 늘 함께 생활한 아우가 떠나 홀로 남겨져 있었고 고령에 따르는 신체적·정신적 노쇠를 견뎌야 했지만, 위나라 무공의 고사와 주자의 훈계를 떠올리며 새로운 마음으로 다시 힘써 노력하기를 기약했다.

나는 아직 젊기 때문에 죽음에 대해 많이 생각하는 편은 아니다. 그러나 가끔 내가 맞이하고 싶은 마지막 순간은 이러한 것이었으면 좋겠다는 생각을 하곤 한다. "책상에 앉아 책을 보다가 스르르 고개를 숙이며 숨을 거두고 싶다."라고 말하자, 아내는 "그건 엄청난 수양을 쌓은 사람만이 가능한 일입니다.

당신은 어림도 없어요!"라고 면박을 주었다. 하지만 그런 임종을 할 수는 없더라도, 마지막 죽는 순간까지 현재형의 삶을 살고 싶다는 바램을 포기할 수는 없다. 노쇠한 육체를 무거운 외투처럼 끌며 그저 죽음을 기다리는 삶이 아니라, 죽는 순간까지도 새로운 무언가를 찾고 배우고 생각하다가 힘이 다하면 그 자리에서 잠들고 싶다.

몸을 경계하는 잠언

- 조이천

사람이 하늘과 땅 사이에서, 자그맣게 이 몸이 있네.

어디에서 받았나? 부모의 인자함이라네.

떨어져 있든 함께 있든, 은혜롭고 부지런하셨네.

낳아주심 돌이켜 생각하니, 내가 어찌해야 할까?

온유와 공경 스스로 본받으며, 네 행동 정숙하고 삼가라.

때에 따라 점검하여 혹시라도 감히 게으르지 말라.

깊은 연못 아니지만 곁에 선 듯, 얇은 얼음 아니라도 밟고 있는 듯 삼가라.

곳에 따라 전전긍긍해서 혹시라도 감히 실추하지 말라.

하늘 높고 땅은 낮아 직립의 사람 용납되지 못할 듯하네.

궤적 따르고 행적 좇아 자신을 세울 방도 생각하라.

너의 등 뒤 너의 곁에, 질곡과 칼날 도사리고 있네.

분수에 넘치거나 도리에 어긋나지 말며, 조급하지도 느긋하지도 말라.

마음의 전쟁에서 이겨라-남명학파 잠(箴) 작품해설-

한 생각 보존되지 못하면, 멸망이 잇달아 끊으리라.
그 오는 것 헤아릴 수 없는데, 하물며 후손을 보호할 수 있으랴?
누가 이런 일들 부리는가? 너에게 달려 있지 않음이 없네.
아, 몸이 있음이여! 오히려 온전한 상태로 돌아가길 생각하네.

_儆身箴
人於天地 藐此有身 受之於何 父母慈仁
離于屬于 恩斯勤斯 追惟厥生 我若何其
溫恭自倣 淑愼爾止 隨時點檢 罔或敢怠
非淵亦臨 不冰亦履 隨處戰兢 罔或敢墜
穹高壤下 如不容直 循軌迹轍 思所以立
爾背爾側 桎梏刀鋸 無憯無貸 匪棘匪徐
一念不存 滅踵截耳 其來莫測 矧及覆嗣
孰是使者 在爾莫非 嗚乎有身 尙思全歸

● 작자 소개 : 조이천(曺以天, 1560-1638)

　　자는 순초(順初), 호는 봉곡(鳳谷)이며, 본관은 창녕(昌寧)이다.
남명의 문인이며, 저술로『봉곡일고(鳳谷逸稿)』가 있다.

● 작품 해설

　　이 잠언은 세 부분으로 나누어 생각해 볼 수 있다. 처음 부분은 자신이 이 세상에 존재하게 된 이유를 생각하는 것으로 부터 시작했다. 자신이 세상에 태어난 것은 부모님의 인자함 때문이며, 떨어져 있든 함께 있든 언제나 은혜롭고 부지런히 돌보아주셨다고 회고했다. 그리고 부모님이 낳아주시고 길러 주신 은혜를 기억하면서 자신이 어떻게 살아야 할까를 생각 했다.

본론 부분은 부모님의 사랑과 은혜로 인해 이 세상에 존재하 고 살아갈 수 있다는 깨우침을 실천하는 내용이다. 온유와 공 경을 본받고, 행동을 정숙하고 삼가야 한다. 수시로 자신을 점 검하여 혹여 게으르지 않도록 해야 한다. 깊은 연못가에 서 있 는 듯, 얇은 얼음을 밟는 듯, 항상 삼가고 조심하는 마음을 가 져 혹시라도 실추하는 일이 없도록 해야 한다. 하늘과 땅 사이 에서 사람답게 살아가려면, 성현의 궤적을 따르고 행적을 좇 아 자신을 올바르게 세울 방도를 찾아야 한다. 질곡과 칼날이 도사리는 세상에서 위험에 빠지지 않으려면, 분수에 넘치거나 도리에 어긋나지 말며 조급하지도 느긋하지도 않게 생활해야 한다.

마지막 부분은 평생의 노력이 하나의 생각에 의해 무너지고 멸망할 수 있다는 사실을 마음에 새겼다. 그리고 자신에게 닥 쳐올 일도 알지 못하는데, 후손을 보호할 수 있다는 생각을 감 히 할 수 없다는 점을 생각했다. 그러므로 오로지 자신이 어떻 게 생각하고 행동하느냐에 따라 그 결과를 받아들일 수밖에

마음의 전쟁에서 이겨라-남명학파 잠(箴) 작품해설-

없다는 점을 분명히 인식하며, 부모님이 주신 온전한 몸을 온전한 상태로 간직해서 돌아가기를 기약했다.

이 잠언을 보며 나를 비롯한 오늘날 젊은 사람들의 생각을 반성한다. 자신의 몸속에, 핏속에, 생물적·문화적 유전자에, 부모님도 늘 함께 있다는 사실을 잊으며 살고 있다는 점을 뉘우친다. 자신이 혼자라고 생각하기 때문에 아무렇게나 살아가고 마음대로 자살을 하는 것이 아닐까? 자신이 이 세상에 존재하고 살아가게 된 이유를 한번이라도 진지하게 생각했다면, 좀 더 나은 삶을 살려고 노력하지 않을까? 그리고 죄를 쉽게 저지르지는 않지 않을까? 내가 나 혼자만의 몸도 삶도 아니라는 생각을 이 잠언을 통해 되새겨보면 좋겠다.

공자는 '한 순간의 분노로 자신을 잊어버려 부모에게 재앙이 미치게 하는 일을 의혹된 것[一朝之忿 忘其身以及其親 非惑與]'이라고 지적했다. 의혹은 정신이 없어 옳고 그름을 분간하지 못한다는 뜻이다. 오늘도 나는 나를 잊어버린 채 의혹의 삶을 살고 있지는 않은가?

우애에 관한 잠언

- 최현

　　영해에 사는 어떤 형제가 송사를 벌이며 크게 다투었다. 병중에 이 잠언을 써서 보여주니, 그 사람이 슬퍼하며 마음이 움직여 돌아가서는 서로 권면하여 마침내 송사를 그만두었다. 하늘로부터 받은 선한 본성을 속이기 어렵다는 사실을 비로소 알겠다.

　　형이 되고 동생이 된 것, 한 몸에서 나누어졌네.

　　용모가 함께 닮았고, 언어가 서로 비슷하네.

　　동생이 두서너 살 때, 형이 그 동생 업어주었네.

　　동생이 숟가락 잡지 못할 때, 형이 그 동생 먹여주었네.

　　밖으로 나가면 함께 갔고, 집으로 들어오면 같이 거처했네.

　　먹을 적엔 상을 함께 했고, 잠잘 때엔 이불을 같이 덮었네.

　　슬프면 함께 울었고, 즐거우면 같이 웃었네.

　　어른이 되어선 형은 사랑하고 동생은 공경했네.

　　어찌 억지로 그리했으랴? 선천적으로 알고 본성적으로 타고났네.

아내와 자식이 있게 되자, 각자 생계를 꾸려갔네.

길고 짧음을 비교하고 헤아리며, 사심이 싹트기 시작했네.

남종과 여종 참소하고 투기하며, 동서 간에 서로 반목했네.

원망하고 욕하며 원수가 되니, 길가는 사람도 이같이 않겠네.

관리에게 소송해 재산을 다투며, 잘못을 파헤치고 비밀을 들추었네.

동기간이 초월처럼 원수 되고, 천륜이 짐승같이 무너졌네.

세상 도리 이런 지경에 이르니, 통곡할 만한 일이로다.

이 착한 형제는 그 마음이 넉넉하고 여유롭네.

의로움 숭상하고 재물을 멀리하며, 노여움 감추지 않고 원망을 묵히지 않네.[5]

형이 우애하고 동생이 순종하며, 나이가 들수록 더욱 돈독해지네.

거짓으로 꾸며 참소하지만, 비집고 들어갈 틈이 없네.

그 아래는 노여움 참으며, 다투고 따지는 행동 억제하네.

저가 작은 잘못 있더라도, 나를 자책해야 할 일이라네.

해치지 않고 탐내지 않으니, 어찌 화목하지 않겠는가.

구대(九代)가 함께 사는 비결 문자, 인(忍)자를 백번 써서 올렸네.[6]

고을에서 효자라고 칭송하고, 천자가 절효(節孝)를 포상하네.

---

5) 노여움 ……묵히지 않네 : 『맹자』 「만장(萬章)」상편에, "어진 이는 아우에게 노여움을 간직하지 아니하고 원망을 묵혀 두지 아니하며 그를 친애할 뿐이다[仁人之於弟也 不藏怒焉 不宿怨焉 親愛之而已矣]"라고 했다. 이 구절은 순(舜)임금이 무도한 짓을 하는 아우 상(象)에 대해서도 친애한 사실을 가리킨다.

6) 구대(九代)가 …… 백번 써서 올렸네 : 당나라 때 사람인 장공예(張公藝)의 집안은 9대가 함께 살았다. 고종(高宗)이 그 집에 들러 그 많은 사람이 화목하게 지내는 방법을 묻자, 장공예가 종이에 인(忍)자 100여 자를 써서 올렸다고 한다.

귀신이 몰래 도와주니, 자손에게 복이 많다네.

아, 형의 뼈는 아버지의 뼈요, 동생의 살은 어머니의 살이네.

한 기운이 두루 흘러 간격 없으니, 몸은 둘이지만 근본은 하나라네.

형제가 화순하면 부모가 기뻐하고, 형제가 틀어지면 선조 영령 슬퍼하네.

사해가 한 집안이 되는데, 하물며 지친(至親)의 천속(天屬)임에랴.

옛사람 말했으니, 부부는 윗도리와 치마요, 형제는 손과 발이라네.

윗도리와 치마 찢어졌을 때 바꿀 수 있지만,

손과 발 끊어졌을 때 어찌 붙일 수 있으랴.

「상체(常棣)」와 「각궁(角弓)」의 시편, 내 마음을 근심스럽게 하네.

옛사람의 격언 이어받아 단편을 지어 자책하노라.

_友愛箴

寧海 有人兄弟爭訟大鬨 病中 書此以示之 其人惕然心動 歸而相
責 遂止其訟 始知秉彝之天 有難誣也

爲兄爲弟 分自一體 容貌相類 言語相似

弟在孩提 兄負其弟 弟未執匙 兄哺其弟

出則同行 入則同處 食則同案 寢則同抱

哀則同哭 樂則同笑 及其成人 兄愛弟敬

夫豈强爲 良知素性 有妻有子 各自治生

較短量長 私心遂萌 臧獲讒妬 婦娣反目

怨詈相讐 路人不若 訴官爭財 發奸摘伏

同氣楚越 天倫禽犢 世道至此 可堪痛哭

此令兄弟 其心綽綽 尙義疏財 不藏不宿

兄友弟順 老而益篤 讒構行言 無間可入

其次忍怒 禁抑鬪詰 彼雖小過 我當自責

不忮不求 何用不睦 同居世九 忍字書百

鄕里稱孝 天子褒節 鬼神陰騭 子孫多福

嗚呼 兄之骨 是父之骨 弟之肉 是母之肉

一氣周流而無間 身雖二而本則一

兄弟和順 則父母悅 兄弟違拂 則先靈慽

四海尙可爲一家 況至親之天屬

古人有言曰 夫婦衣裳也 兄弟手足也

衣裳破時尙可換 手足斷時安可續

彼常棣角弓之詩 使我心兮戚戚

續古人之格言 書短篇而自責

● 작자 소개 : 최현(崔晛, 1563-1640)

자는 계승(季昇), 호는 인재(訒齋), 시호는 정간(定簡)이며, 본관
은 전주(全州)이다. 두곡(杜谷) 고응척(高應陟)과 학봉(鶴峯) 김성일
(金誠一) 등에게 수학했다. 저술로『인재집(訒齋集)』이 있다.

● 작품 해설

　이 잠언은 영해에 사는 어떤 형제를 깨우치기 위해 지어진 작품이다. 다행히도 이 글을 통해 그들은 마음이 움직여 송사를 그만두게 되었다. 작가인 최현(崔晛)은 이들이 뉘우친 까닭을 선한 본성 때문이라고 생각했다. 사람에게는 태어날 적부터 선한 본성이 있으므로, 잠시 가려지는 경우가 있을지라도 다시 회복되면 원래의 모습을 가진다고 믿었다.

　이 잠언은 세 부분으로 나누어 볼 수 있다. 처음 부분은 형과 동생이 어릴 적에 우애롭게 지내는 모습을 그렸다. 둘째 부분은 각자 가정을 이루어 가족이 생기고 생계를 꾸려가게 되면서 불화가 일어나는 과정을 묘사했다. 셋째 부분은 완곡한 표현으로 형제간에 우애할 것을 말하여 다툼을 그치도록 권면하는 내용이다.

　이 잠언을 읽으면서 순(舜)임금과 그의 동생 상(象)을 떠올렸다. 그들과 관련해 이런 일화가 있다. 순의 아버지 고수(瞽瞍)는 후처를 얻어 아들 상(象)을 낳았다. 아버지와 계모, 그리고 동생은 순을 매우 미워해서 죽이려 작당을 했다. 순에게 창고의 지붕을 고치라 하고선 올라가자 사다리를 제거하고 불을 놓았다. 순은 머리에 쓰고 있던 삿갓을 이용해 미끄러져 내려와 간신히 목숨을 건졌다.

　이 일이 실패하자 다시 우물을 치는 일을 시키고선 그 위를 덮어버렸다. 순은 지난번의 위험을 겪었기 때문에 우물을 치기 전에 미리 피할 통로를 마련해놓았다. 아니나 다를까 우물을 덮어버리자 미리 준비한 통로로 탈출하여 집으로 돌아갔다. 동생 상은 이번 일을 꾸민 것이 모두 자신의 꾀였으므로, 형의 소유를 많이 차지할 것이라고 생각했다. 형의 집으로 가면서 '소, 양, 창고 등은 부모님이 가지고, 창, 방패, 비파, 활 등은 내가 차지하겠다. 그리고 두 형수는 내 집에서 일하도록 하겠다.'라고 기대에 부풀어 셈을 했다. 그런데 형의 집에 도착하자, 순이 마루에 앉아 비파를 켜고 있었다. 깜짝 놀란 상은 "슬퍼하며 형을 염려하고 있었습니다."라고 부끄러운 기색으로 말했다. 그러자 순은 "너는 내게 와서 이 여러 신하들을 다스려라."라고 했다.

『맹자』에는 맹자와 만장(萬章)이라는 인물이 이 일화를 거론하면서 다음과 같은 대화를 주고받았다. 만장이 "순임금은 동생이 자기를 죽이려 한 것을 몰랐습니까?"라고 묻자, 맹자가 "어찌 몰랐겠습니까? 상이 근심하면 함께 근심하고 상이 기뻐하면 같이 기뻐했을 뿐입니다."라고 대답했다. 다시 만장이 "그렇다면 순임금은 거짓으로 기뻐한 것입니까?"라고 질문하자, "아닙니다. 예전에 어떤 사람이 정자산(鄭子産)에게 살아있는 물고기를 보냈는데, 자산이 연못 관리인에게 기르도록 했습니다. 그런데 연못 관리인이 삶아 먹고는 돌아와 보고하길 '물고기를 풀어주자 처음에는 어리둥절하더니 잠시 지나자 정신을 차려 유유히 헤엄쳐 갔습니다.'라고 했다. 이 말을 듣자

자산은 '자신이 있어야 할 곳을 얻었구나! 자신이 있어야 할 곳을 얻었구나!'라고 했습니다. 연못 관리인은 밖으로 나와서 '누가 자산을 현명하다고 했는가? 내가 벌써 삶아먹었는데, 〈자신이 있어야 할 곳을 얻었구나! 자신이 있어야 할 곳을 얻었구나!〉라고 말한다.'라고 비웃었습니다. 그래서 군자는 이치에 닿는 말로 속일 수는 있어도 도리에 맞지 않는 것으로는 속이기 어렵습니다. 상이 형을 사랑하는 도리로써 이유를 대며 찾아왔으므로, 순임금이 진심으로 믿고 기뻐했던 것입니다. 어찌 거짓이었겠습니까?"라고 답변했다.

형을 죽이려 한 상과 그런 동생을 진심으로 믿고 끝까지 사랑한 순임금. 더욱이 자기를 죽이려 한 부모마저 감동시켜 마음을 돌이키게 한 순임금. 순임금 앞에서는 부모가 못해주어 내가 이렇게 한다고 말하거나, 형제자매가 잘 대해주지 않아 나도 이렇게 한다고 이유를 댈 수 없다. 부모와 형제가 자신을 죽이려 했지만, 끝까지 참고 믿고 진심으로 대하여 그들의 마음을 변화시키고 돌이켜 뉘우치게 했다. 그들과 똑같은 사람이 되지 않았고, 오히려 그들을 보다 나은 사람으로 바꾸었다. 순임금을 생각하니, 그 반대편에 서 있는 내 모습이 한없이 부끄럽다.

「상체(常棣)」는『시경』소아(小雅)에 실려 있는 시편으로, 형제 간 우애의 소중함을 노래하는 내용이다. 이전(李墺)과 이준(李埈) 형제의 우애를 기리는 「형제급난도」라는 이름도 이 시의 '형제가 다급한 어려움을 서로 구제한다[兄弟急難].'라는 구절에서 따온 말이다.

「각궁(角弓)」도 『시경』 소아(小雅)에 있는 시편이다. 형제를 비롯한 친족 간에 서로 화목하게 지내고 원망하거나 다투지 말 것을 권면하는 내용이다.

새해 첫날 아침에
스스로 경계하는 잠언 서문을 병기함

- 정온

아, 나는 올해 어느덧 쉰 살이 되었다. 지난 49년 동안 가졌던 마음가짐과 몸가짐의 방도를 돌이켜 생각해보니, 마음에 부끄러워 할 만한 것들이 많았다. 어버이를 섬길 적에 볼 만한 행실이 없었으며, 조정에 섰을 때 스스로 일으킨 재앙이 있었다. 공자가 말씀한 '마흔이나 쉰이 되어서도 좋은 명성이 없다.'는 것은 나를 말한 경우가 아니겠는가. 그리하여 근심에 싸여 마음을 돌아보고 하늘의 밝은 명을 저버리지 않을 것을 생각하며 그러기 위해 잠을 지어 스스로 경계하노라. 그 말은 아래와 같다.

나는 어리석게 태어난 데다, 기질에 얽매이고 외물에 골몰했네.

이 몸을 비루하게 하여 하루도 마치지 못할 듯했네.

근본이 잘못되었으니, 어디를 간들 막히지 않겠는가.

어버이 섬길 적엔 정성스럽지 못했고, 임금을 섬길 때엔 의로움 없

마음의 전쟁에서 이겨라-남명학파 잠(箴) 작품해설-

었네.

자신을 깔보고 남을 무시하니, 소와 말 같은 짐승이었네.

나이가 젊었을 적엔 혹 생각지 못했다고 용납되었네.

지금 쉰 살이 되었으니, 노쇠하기 시작하는 때라.

중니는 천명을 알았으며, 거백옥은 이전 잘못을 깨달았네.

나는 하품의 사람이지만, 역시 하늘이 주신 선한 본성 받았네.

이미 알고 있는데, 어찌 이것을 돌아보지 않는가.

이것을 돌아보는 건 무엇일까? '경(敬)'일 따름이네.

의관은 반드시 정제하고, 거처는 반드시 공경스럽게 하라.

행동은 반드시 독실하고, 언어는 반드시 충실하게 하라.

성을 지키듯 욕심을 막아내고, 비로 쓸어내듯 분노를 제거하라.

옛 훈계에 잠심하고, 상제를 마주 대한 듯이 하라.

정(情)이 발하기 전엔 기상을 구하고, 일어난 후엔 그릇됨을 경계하라.

움직임과 고요함 서로 길러주고, 안과 밖이 함께 유지되네.

영대가 깨끗하게 맑아지고, 방촌이 환하게 빛나네.

진실로 이와 같다면, 이제야 사람이라 하겠네.

환난을 당할지라도, 평소 바탕을 잃지 않아야 하네.

안락에 처하더라도, 교만하거나 방자하지 않아야 하네.

다리를 세움이 늦었지만, 과실을 고치는 일이 귀하네.

성인도 현인도 사람이니, 그들 같이 한다면 그들처럼 되리라.

봄은 한 해의 으뜸이며, 오늘은 새해의 첫날이라.

이 경계하는 말을 써서 죽을 때까지 간직하려 하노라.

_元朝自警箴幷序

噫 余今年忽五十矣 追思四十九年前處心行己之道 多有可愧於
心者 事親 無可觀之行 立朝 有自作之蘖 夫子所謂四十五十而無
聞焉者 非余之謂乎 於是惕然反諸心 思所以不負乎天之明命者
而爲之箴以自警焉 其辭曰

　余生之蠢 氣拘物汨 儳焉厥躬 如不終日

　本旣失矣 何往不窒 事親不誠 事君無義

　自侮人侮 牛已馬已 齒之尙少 容或不思

　今焉五十 始衰之時 仲尼知命 伯玉知非

　余雖下品 亦受天畀 旣已知之 胡不顧諟

　顧諟伊何 曰敬而已 衣冠必整 居處必恭

　行必篤實 言必信忠 防慾如城 除忿如簀

　潛心古訓 對越上帝 未發之前 求其氣象

　旣發之後 戒其邪枉 動靜交養 內外夾持

　靈臺澄澈 方寸光輝 允若乎茲 是曰人而

　以之患難 不失素履 以之安樂 不至驕恣

　立脚雖晚 改過爲貴 聖賢亦人 爲之則是

　春維歲首 日乃元始 書茲警辭 服之至死

● 작자 소개 : 정온(鄭蘊, 1569-1641)

　자는 휘원(輝遠), 호는 동계(桐溪)이며, 본관은 초계(草溪)이다.
남명의 문인이며, 저술로 동계집(桐溪集)』이 있다.

　수양의 출발은 자신의 모습을 제대로 아는 것으로부터 시작하지 않을까? 자신의 모습이 참 괜찮다고 생각한다면, 절실하고 간절하게 수양을 할 필요를 느끼지 못한다. 이 정도면 괜찮은데 무얼 더 나아지기를 바라겠는가? 하지만 자신의 '쇠락서니'를 직시하여 진정으로 깨닫게 된다면, 부끄러움으로 인해 저절로 무릎이 꿇어질 것이다.

　정온(鄭蘊)은 50세가 되는 새해 첫날에 자신의 '꼬락서니'를 가감 없이 마주하게 되었다. 지능, 기질, 삶의 태도 등 모든 부분에서 부족한 자신의 모습. 이렇게 근본이 잘못되어 있으므로 가는 곳마다 일으킨 문제들. 어버이 섬길 적엔 정성이 없었고 임금을 섬길 때는 의로움이 없었으며, 자신을 깔보고 남을 무시하는 태도로 살았다. 정온은 이런 자신의 모습을 소와 말 같은 짐승이었다고 술회한다.

　젊었을 때에는 생각이 부족하다는 이유로 이해를 받을 수 있었겠지만, 쉰 살이 된 상황에서 더 이상 변명을 댈 수도 없다. 공자는 무한한 가능성을 가진 후배에 대해 두려워할 만하다고 말했다. 하지만 그 사람이 사오십 대가 되어서도 좋은 명성이 없다면 두려운 대상이 아니라고 조건을 붙였다.

　공자는 50세에 천명을 알았다고 말했다. 그리고 공자가 존경한 위(衛)나라의 거백옥(蘧伯玉)은 50세에 49년 동안의 잘못을 깨달았다고 한다. 정온은 공자나 거백옥과 비교하면 자신은 훨씬 모자라는 하품(下品)의 사람이지만, 하늘이 내려주신 선한 본성은 동일하다는 사실에 주목했다. 자신은 모든 면에서 부족하지만, 열심히 수양하면 그분들처럼 될 수 있다는 가능성의 근거가 선한 본성에 있는 것이다.

정온은 수양의 핵심을 경(敬)으로 파악하고 구체적인 내용을 자세하게 서술했는데, 이와 같이 실천할 수 있을 때에야 진정한 사람이라고 단언했다. 정온의 말에 따른다면, 짐승과 사람 사이의 간극이 그리 멀지 않은 듯하다. 경으로써 자신을 수양할 수 있다면 사람이며, 자기 마음이 이끄는 대로 살아간다면 짐승과 다를 바 없다.

50세 되는 정월 초하룻날, 정온은 자신의 모습을 직시하고 사람과 짐승의 차이를 생각한 후 새로운 각오를 다진다. 자신을 일으켜 세운 때가 늦었다고 할 수 있지만, 시간의 선후보다 더 중요한 건 잘못을 고치는 일이라고 생각했다. 그리고 성인과 현인도 똑같은 사람이므로, 그분들이 실천한 것처럼 행동한다면 그분들과 같이 될 수 있다는 희망의 목표를 세웠다.

여덟 가지를 경계하는 잠언
서문을 병기함

- 조겸

여덟 가지는 마음[心]·행동[行]·말[言]·일[事]·사귐[交]·놀이[戱]·분노[忿][7]·욕심[慾] 등이다. 마음을 경계하지 않으면 방향을 알지 못해 주관하는 바가 없게 된다. 행동을 경계하지 않으면 그 나머지는 볼만한 것이 없어 설 수 없게 된다. 말을 경계하지 않으면 입에서 나오는 것이 어그러지고 나에게 돌아오는 것이 어긋나 재앙의 시작됨이 깊어지게 된다. 일을 경계하지 않으면 많은 이들이 분노하고 시기하여 비방을 받게 된다. 사귐을 경계하지 않으면 저속한 부류에 들어가 욕을 당하는 일이 생기게 된다. 놀이를 경계하지 않으면 분노가 문득 가해져 원망과 틈이 싹트게 된다. 분노를 경계하지 않으면 장곡(臧穀)[8]에 가까워 생사와 관련되게

---

7) 원문에는 '분(盆)'자로 되어 있으나, 이것은 '분(忿)'자의 오자인 듯하다. 그러므로 번역문과 원문의 글자를 '분(忿)'자로 수정했다.

8) 장곡(臧穀) : 장(臧)과 곡(穀) 두 사람이 양을 돌보던 중에, 장은 책을 읽다가 양을 잃어버리고 곡은 노름을 하다가 양을 잃어버렸다는 이야기가 『장자(莊子)』「변무(騈

마음의 전쟁에서 이겨라-남명학파 잠(箴) 작품해설-

된다. 욕심을 경계하지 않으면 불의에 빠지게 되어 송사가 반드시 일어나게 된다.

마음을 보존하고 행동을 민첩하게 하며 말을 삼가고 일을 신중하게 하며 사귐을 가려서 하고 놀이를 살피며 분노를 뉘우쳐 삼가고 욕심을 막아야 한다. 그런 연후에 사람이 될 수 있으며 끝내 짐승과 같이 되는 데로 귀결되지 않으리라.

효성과 공손함, 충성과 신실함, 자신을 수양함과 집안을 공평하게 다스림, 나라를 다스림과 천하를 평정함 등의 모든 공부들은 모두 마음과 행동에서 만들어져 나오는 것이 아님이 없다. 힘을 쏟고 생각을 써서 경계하고 삼가며 두려워하고 조심해야 할 것으로 마음과 행실을 버리고서 무엇이 있겠는가. 그러므로 마음과 행실로써 경계의 으뜸으로 삼아야 한다.

인하여 탄식하며 마음속으로 말하길, "선비가 천지 사이에서 태어나 온갖 선이 모두 갖추어져 높은 하늘을 이고 두터운 땅을 밟고 있는데, 취하고 꿈꾸는 것과 다름없어 마음을 놓쳐버리는 경우가 많지만 붙잡아 자신에게 들어오게 하는 자를 보지 못했다. 내가 매번 이것으로써 경계를 하여 알게 된 지는 며칠이 되었건만, 하루의 행실은 하루의 잘못을 면하지 못하며 일각의 행위는 일각의 어긋남을 면하지 못하고 있다. 묵묵히 생각하고 곰곰이 사색하니 두렵고 떨린다. 이미 예순이 넘었으니 거백옥(籧伯玉)이 지

_____

掷)」에 나온다. 여기서는 동기와 과정이 다를지라도 초래하는 결과는 같아지게 된다는 의미로 사용되었다고 이해된다.

난 날의 잘못을 안 일은 아닐지라도, 나이를 아흔으로 여겨 매양 무공(武公)이 지은 「억(抑)」편의 경계를 생각하노라." 라고 했다.

이에 여덟 가지 경계를 게시하고 잠언을 지어 길이 평생의 표준으로 삼노라. 하루 종일 삼가하고 게으르지 않는다면 마침내 이 말에 부끄러움이 없을 것이다.

한 가지를 삼가지 않더라도 우리에서 달아날 것인데, 하물며 경계하지 않아 여덟 가지에 이르게 됨에 있어서랴! 군자는 홀로 있는 곳에서 삼가는 것으로써 경계하도다.

_八戒箴 幷序

八者 心行言事交戲忿慾也 心不戒 則莫知其向 而無所主 行不戒 則餘無足觀 而無以立 言不戒 則出悖來違 而禍胎深 事不戒 則衆怒羣猜 而誹毁至 交不戒 則入於下流 而僇辱生 戲不戒 則怒輒相加 而怨隙萌 忿不戒 則近於臧穀 而死生係 慾不戒 則陷於不義 而訟獄起必也 存其心 敏其行 謹其言 愼其事 擇其交 察其戲 懲其忿 窒其慾 然後可得以爲人 而終不爲禽獸之歸矣 然則孝悌也 忠信也 修齊也 治平也 凡百這箇工夫 皆莫不心行底做出 則着力用意 戒愼恐懼者 舍心行 何以哉 故以心行爲戒之首 仍嘅然心語口曰 士生兩間 萬善俱備 而戴高履厚 無異醉夢 一心多放 未見要取入身來者 余每以此戒之者 知幾日矣 而一日之行 未免一日之失 一刻之爲 未免一刻之差 默慮潛思 悚然瞿然 六旬已過 雖未蘧子之知非 九十其年 每念武公之抑戒 茲揭八戒而爲箴 永作平生之準的 庶幾夕惕

而不忽 畢境無愧乎斯言也

一不愼 尙亡牪 矧不戒而至八 君子以愼其獨戒兮

● **작자 소개 : 조겸(趙璜, 1569-1652)**

자는 형연(瑩然), 호는 봉강(鳳岡)이며, 본관은 임천(林川)이다. 지족당(知足堂) 조지서(趙之瑞)의 증손이다. 저술로 『봉강집(鳳岡集)』이 있다.

● **작품 해설**

조겸은 사람이 사람답게 되려면 여덟 가지를 경계해야 한다고 제시한다. 여덟 가지의 대상, 경계해야 하는 이유, 수양 방법을 조목별로 정리하자면 다음과 같다.

① 마음[心]

- 경계하지 않으면 어느 곳으로 달아날지 알지 못해 몸의 주인을 잃게 됨.

- 보존하여 지켜야 함.

② 행동[行]

- 경계하지 않으면 그 나머지는 볼만한 것이 없어 한 인격체로 설 수 없음.

- 올바른 도리를 민첩하게 실천해야 함.

③ 말[言]

- 경계하지 않으면 자신의 입에서 나오는 말이 어그러지고 자신에게 돌아오는 말이 어긋나 재앙의 시작이 깊어짐.

- 삼가 조심해야 함.

④ 일[事]

- 경계하지 않으면 많은 이들이 분노하고 시기하여 비방이 닥쳐옴.

- 신중하게 처리해야 함.

⑤ 사귐[交]

- 경계하지 않으면 저속한 부류에 들어가 욕을 당하는 일이 생김.

- 신중하게 가려서 사귀어야 함.

⑥ 놀이[戱]

- 경계하지 않으면 문득 분노가 가해져 원망과 틈이 싹트게 됨.

- 놀이 중에도 지나치거나 방종하지 않도록 살펴야 함.

⑦ 분노[忿]

- 경계하지 않으면 나쁜 결과로 귀착되어 목숨이 위태롭게 됨.

- 뉘우쳐 삼가야 함.

⑧ 욕심[慾]

- 경계하지 않으면 불의에 빠지게 되어 송사가 반드시 일어남.

- 억제하여 막아야 함.

조겸은 이 여덟 가지 중에서 특히 마음과 행동이 중요하다고 지적한다. 효성, 공손함, 충성, 신실함, 자신을 수양함, 집안을 공평하게 다스림, 나라를 다스림, 천하를 평정함 등의 모든 일들이 마음과 행동에서 만들어져 나오는 것이기 때문이다. 그러므로 더욱 힘을 쏟고 생각을 써서 경계하고 삼가며 두려워하고 조심해야 할 것이 마음과 행실이라고 강조했다. 그리고 스스로 하루 종일 삼가고 부지런히 실천하여 이 잠언에 부끄러움이 없기를 기약했다.

나는 이 여덟 가지 조목 가운데 몇 가지를 실천하고 있는가? 내게 가장 절실한 조목은 무엇인가? 내가 경계해야 할 조목을 정한다면, 어떤 항목을 무슨 이유에서 설정할까? 이런 저런 생각을 해보는데, 이런 생각의 갈래도 삶의 경험과 연륜이 쌓여가면서 어떤 것은 바뀌고 어떤 것은 더욱 확실해지지 않을까 하는 추측을 해본다.

마음의 전쟁에서 이겨라-남명학파 잠(箴) 작품해설-

스스로 경계하는 잠언

- 박수춘

사람으로 태어남이 어찌 우연이겠는가?

어머니는 땅이며 아버지는 하늘이라네.

명을 내리고 명을 받으니 부여받은 것이 균등하네.

기질은 맑고 탁함이 다르지만, 본성은 어리석거나 현명하거나

간에 동일하다네.

부여한 것이 막중하니, 감히 힘쓰지 않으랴.

오륜이 다음이고 삼강이 먼저라네.

무엇으로 지킬까? 예(禮)와 인(仁)이라네.

붙잡으면 군자가 되며 놓아버리면 소인이 되네.

덕을 숭상하느냐 힘을 숭상하느냐 모두 나로부터 말미암네.

세상 사람들이여! 깊이 경계하는 것이 마땅하네.

지금 내가 잠언을 지어 자신의 규범으로써 경계하노라.

아, 소자야! 어찌 이것을 생각하지 않으랴.

_自警箴

維人之生 夫豈偶然 母兮爲地 父兮爲天

命之受之 稟賦均焉 氣殊淸濁 性同愚賢

付畀旣重 敢不勉旃 五倫爲次 三綱其先

何以守之 曰禮與仁 操則君子 放則小人

尙德尙力 皆由於我 世之人兮 宜其深戒

今余作箴 警以自規 嗚乎小子 曷不念玆

● 작자 소개 : 박수춘(朴壽春, 1572-1652)

   자는 경로(景老), 호는 국담(菊潭)이며, 본관은 밀양(密陽)이다.
저술로 『국담집(菊潭集)』이 있다.

● 작품 해설

   박수춘(朴壽春)은 사람의 탄생이란 결코 우연으로 이루어지는
일이 아니며, 하늘의 아버지와 땅의 어머니가 함께 낳아주신
것이라고 전제했다. 그리하여 '명을 내리고 명을 받으니 부여
받은 것이 균등하다.'고 말했다.

   『중용』의 첫 부분은 '하늘이 명하신 것을 본성이라고 한다
[天命之謂性].'는 구절로부터 시작된다. 이것은 성선설의 중요
한 근거가 되는 내용이다. 하늘이 사람에게 명하여 부여했다
는 측면에서는 '명을 내린다.'고 말하며, 사람이 하늘로부터

명을 받아 품부되었다는 측면에서는 '명을 받는다.'라고 표현한다. 그 명은 어느 누구에게나 균등하게 부여되는 선한 본성이다.

앞에서 이미 서술했듯이, 개인마다 기질적인 차이는 있지만 본성에 있어서는 어리석거나 현명하거나 간에 동일하다는 것이 성선설의 근본 개념이다. 그런데 조선 후기에 이르면 선한 본성이 사람들 간에는 차이가 없다고 말할지라도 사람과 사물(동식물을 포함한) 사이에도 그대로 적용될 수 있는가 하는 문제가 제기된다. 이것이 바로 '인물성동이(人物性同異)'논쟁이다.

작자는 선한 본성을 부여받은 것이 막중하므로 힘써 발현해야 한다고 말한다. 삼강오륜(三綱五倫)은 선한 본성에 바탕하여 사람 사이에 지켜야 할 도리를 제도화·체계화한 것이다. 또한 본성을 지키는 방법은 예(禮)와 인(仁)이며, 이것을 붙잡으면 군자가 되고 놓아버리면 소인이 된다고 설명한다.

이 말에 따른다면, 군자와 소인은 태어날 적부터 정해진 것이 아니다. 올바른 도리를 실천하면 군자가 되고 멀리하고 떠나가면 소인이 된다. 그러므로 어떤 한 사람이 하루에도 수없이 군자와 소인 사이를 왔다 갔다 한다고 말할 수 있다. 사람들을 군자와 소인으로 양분해서 나누는 것보다 한 사람의 마음가짐과 행동에 대해 '군자다움'과 '소인스러움'으로 구분해서 살피는 것이 사실에 가깝지 않을까?

작자는 마지막 부분에서 덕을 숭상하느냐 힘을 숭상하느냐

하는 결정은 자신이 선택하는 일이므로, 어떠한 삶을 살아갈 것인지를 깊이 경계해야 한다고 지적했다. 따라서 잠언을 지어 자신의 규범으로써 경계할 뿐만 아니라, 젊은이들이 이 문제를 생각해보길 권면하고 있다.

사랑에 빠진 사람은 연애에 관한 유행가 가사 하나하나가 마음에 파고든다. '이 가사가 이렇게 절절한 줄을 이전에는 몰랐다.'라고 생각하면서. 이와 마찬가지로 어떤 훈계가 마음에 와 닿으려면 먼저 자신의 마음이 받을 준비가 되어 있어야 한다. '올바르고 보람되게 살아야지.' 하는 마음이 간절한 사람은 그렇게 살 수 있는 방법을 말하는 곳이 있으면 눈과 귀가 번쩍 뜨인다. 관심이 없는 사람은 어떠한 말도 글도 들리지도 보이지도 않는다. 그래서 『대학』에서는 '마음이 있지 않으면 보아도 보이지 않고 들어도 들리지 않는다.'라고 말했다.

나는 무엇에 마음이 있는가? 나는 들을 귀가 있는가?

말과 행실에 대한 잠언

- 박수춘

말을 어찌 삼가지 않으랴? 복의 근원이네.

행실을 어찌 삼가지 않으랴? 재앙의 문이네.

한 마디 말 한 가지 행실에 영화와 욕됨이 뒤따르네.

중요한 기틀이 된다는 말을 누가 알 수 있으랴.

_言行箴

言何不謹 福之根也 行何不謹 禍之門也

一言一行 榮辱隨之 樞機之說 孰能知之

● 작품 해설

　　작자는 말을 복의 근원이라고 했는데, 선한 말일 경우에 해당

할 것이다. 행실을 재앙의 문이라 말한 것도 악한 행실일 때를

가리킨다. 그러므로 한 마디 말을 어떻게 내느냐, 한 가지 행실

을 어떻게 하느냐에 따라 영화와 욕됨이 뒤따르게 된다. 이처럼 말과 행실이 어떠하냐에 따라 자신에게 주어지는 결과는 크게 달라진다.

지혜로운 분들은 말과 행실을 삼가는 일에 대해 많은 훈계를 남겼다. 남명 조식의 「신명사도」에는 마음을 지키는 세 관문을 그려놓았는데, 귀에 해당하는 이관(耳關), 눈의 목관(目關), 입의 구관(口關)이다. 남명은 세 관문 가운데, 특히 구관을 중요하게 생각하여 '진실하고 미덥게 언어로 표현한다[忠信修辭].'라는 말을 적어놓았다. 그리고 국가의 중요한 기밀을 출납하듯이 구관이 언어를 출납한다는 의미에서 승추[承樞]라는 글자를 써놓았다. 이처럼 철저하게 경계한 까닭은 사람의 인격에서 말이 차지하는 비중이 그만큼 지대하기 때문이다.

북송의 이천(伊川) 정이(程頤, 1033-1107)는 공자가 안회에게 인(仁)을 행하는 구체적인 조목으로 제시한 '올바른 도리가 아니면 보지 말며, 올바른 도리가 아니면 듣지 말라. 올바른 도리가 아니면 말하지 말며, 올바른 도리가 아니면 행동하지 말라[非禮勿視 非禮勿聽 非禮勿言 非禮勿動].'라는 말씀을 부연하여 「사물잠(四勿箴)」을 지었다.

그 중에서 말에 대해 경계한 부분을 인용하자면, "마음의 움직임은 말을 통해 표현된다. 말할 적에 조급하고 함부로 내뱉는 것을 막아야 내면이 고요하고 안정된다. 하물며 말은 핵심적인 기틀이므로, 전쟁을 일으키기도 하고 우호를 만들기도 한다. 길흉과 영욕이 말에 의해 초래되니, 쉽게 말하는 잘못이 있으면 허탄하게 되며 번잡하게 말하는 병통이 있으면 지루하게 된다. 자기가 함부로 말하면 남이 미워하며, 나가는 말이 나쁘면 돌아오는 말도 좋지 않다. 법도가 아니면 말하지 말 것이니, 훈계하는 말씀을 공경히 받들지어다."라고 했다.

행동에 관해서는 "지혜로운 사람은 기미를 알아 생각을 성실하게 가지며, 지조 있는 선비는 행동을 힘써 하는 일에서 지킨다. 이치를 따르면 마음이 여유롭고 욕심을 따르면 위태롭다. 짧은 순간에도 잘 생각하여 삼가고 조심하여 자신을 붙잡아라. 습관이 본성과 함께 이루어지면, 성현과 같이 돌아가리라."라고 서술했다.

정이가 말과 행동에 대해 경계한 내용을 자세히 살펴보면, 보다 근원적인 측면에서 설명하고 있다는 사실을 발견할 수 있다. 입으로 나오는 말이나 겉으로 드러나는 행동은 내면의 움직임과 밀접하게 연관되어 있음을 드러내고 있다. 말은 마음의 움직임이며, 행동은 마음의 실천이다. 마음이 올바르고 안정되면 말과 행동도 그대로 표현된다. 거꾸로 말과 행동을 올바르고 안정되게 하면 마음도 그것에 따라 차분하고 고요해진다. 사람의 안과 밖이 이렇게 유기적으로 연관되어 움직이고 있다는 사실을 새삼 깨닫게 된다.

경(敬)과 의(義)에 관한 잠언

- 문후

　나는 예전에 남명 선생의 사당에 참배한 적이 있었다. 살아계실 때 문하에 나아가지 못한 것을 깊이 안타까워하고 물러나 남기신 문집에서 가르침을 찾다가 경의(敬義) 두 글자를 얻었다. 마치 얼굴을 뵈오며 가르침을 받는 듯해 진심으로 기뻤는데, 목이 탈 때 마실 것을 얻은 것 같았다. 이 일로 인해 '경(敬)으로 내면을 곧게 하고 의(義)로 바깥일을 바르게 처리한다[敬以直內 義以方外]'라는 여덟 글자를 정자의 벽에 적었다.

　지금 백발의 늙은이가 되어 하릴없이 세월만 보내고 있을 뿐 조금도 발전한 효과가 없으니, 자질이 남들만 못하다는 사실을 비로소 깨닫게 된다. 마침내 분발하여 잠언을 짓고 인하여 전말을 서술한다.

　　위대한 역(易)의 관문이며, 세 성인의 깊은 뜻이라네.

　　학문을 하는 데에 절실하니, 두 글자 경의(敬義)라네.

하늘이 우리나라를 열어주어 우리 남명을 내려주셨네.

먼저 몸소 부절을 지니셨으니, 경과 의라네.

곧게 하고 바르게 한다면 안과 밖이 극진하리라.

(결락)

_敬義箴 幷序

余頃年 謁南冥先生廟 深恨未及摳衣 退而求之於遺集 得敬義二字 若承面命 誠心喜之 如渴得哑 因書敬以直內義以方外八箇字於亭壁 今白首荏苒 無分寸裨效 始覺才質之不如人 遂發憤爲箴 因叙始末

大易之門 三聖奧旨 切於爲學 二字敬義

天啓大東 降吾南冥 先自佩符 是義是敬

直之方之 內外斯盡(缺)

● 작자 소개 : 문후(文後, 1574-1644)

자는 행선(行先), 호는 연강재(練江齋)이며, 본관은 강성(江城)이다. 각재(覺齋) 하항(河沆), 한강(寒岡) 정구(鄭逑), 모계(茅溪) 문위(文緯) 등에게 수학했다. 저술로『연강재집(練江齋集)』이 있다.

● 작품 해설

문후는 1574년에 태어났으므로, 1572년에 별세한 남명에게 배울 수 있는 기회가 없었다. 그래서 깊이 안타까워하며 문집을 통해 가르침을 구하다가 '경의(敬義)' 두 글자를 깨닫게 되었다. 그때의 기쁨을 마치 얼굴을 뵈오며 가르침을 받는 듯했고 목마른 자가 마실 것을 얻은 것 같았다고 표현했다. 이 일을 계기로 기거하는 정자의 벽에 '경으로써 내면을 곧게 하고 의로써 바깥일을 바르게 처리한다[敬以直內 義以方外].'는 여덟 글자를 써놓았다고 한다.

'경이직내 의이방외'라는 말은 『주역』 곤괘(坤卦) 문언전(文言傳)에 나오는 구절이다. 그러므로 잠언의 첫 구절에서 위대한 역(易)의 관문이라고 표현했다. 세 성인은 『주역』의 단사(彖辭)를 지은 주나라 문왕(文王), 효사(爻辭)를 지은 주공(周公), 단전(彖傳)·상전(象傳)·계사전(繫辭傳)·문언전(文言傳)·설괘전(說卦傳)·서괘전(序卦傳)·잡괘전(雜卦傳) 등의 십익(十翼)을 지은 공자를 합하여 일컫은 말이다.

문후의 잠언을 통해 남명의 학문과 사상이 경과 의에 있다는 사실을 재삼 확인할 수 있다. 그리고 '하늘이 우리나라를 열어주어 우리 남명을 내려주셨네.'라는 말을 되새겨보며 조선시대 도학사(道學史)에서 남명이 차지하는 위상이 어떠한 것인지를 다시 생각한다.

'만약 오장(五臟) 안에 티끌이 생긴다면, 지금 당장 배를 갈라 흐르는 물에 부쳐 보내리.'라는 시구로써 수양에 대한 각오를 준열하게 드러내고 있는 남명의 마음자세. 이와 같은 자기 수양을 바탕으로 벼슬길에 나아가는 일에 대해 엄정한 판단과

단호한 결단을 내린 남명의 처신. 하지만 어지러운 나라와 고통 받는 백성을 밤낮으로 염려하며 눈물을 흘렸던 남명의 애국애민 정신. 지리산보다 더 높고 웅장한 정신세계를 남명에게서 본다. 이 시대에도 여전히 준엄한 훈계로 다가오는 남명의 가르침을 생각한다.

마음을 기르고
욕심을 줄이는 일에 관한 잠언

- 권도

묘(苗)를 어떻게 키우랴? 가라지를 제거해야 하네.

어떻게 길러야 하나? 잡초를 뽑아야 하네.

만물이 모두 그러하니, 마음은 더욱 심하도다.

마음을 기르고자 한다면, 욕심을 막아야 하네.

욕심을 줄이지 않는다면, 천성의 작용이 민멸되리라.

오당(吾黨)의 젊은이들아! 어찌 삼가지 않겠는가?

_養心寡欲箴

長苗伊何 必除稂莠 養之伊何 必去蓁蕪

物皆然兮 心爲甚兮 欲心之養 心欲之禁

欲苟不寡 天機必泯 吾黨小子 盍愼旃兮

마음의 전쟁에서 이겨라-남명학파 잠(箴) 작품해설-

● 작자 소개 : 권도(權濤, 1575-1644)

자는 정보(靜甫), 호는 동계(東溪)이며, 본관은 안동(安東)이다. 한강(寒岡) 정구(鄭逑)와 여헌(旅軒) 장현광(張顯光)의 문하에서 수학했다. 저술로 『동계집(東溪集)』이 있다.

● 작품 해설

권도는 마음을 기르는 일[養心]은 욕심을 막고 줄이는 것[寡欲]이라고 했다. 그리고 욕심을 줄이지 않는다면, 하늘이 부여한 천성의 작용[天機]이 민멸될 것이라고 지적했다. 그는 양심(養心)을 하려면 과욕(寡欲)을 해야 한다고 했는데, 이 말을 거꾸로 뒤집어 본다면 과욕(寡欲)을 하면 양심(養心)을 할 수 있다는 말이 된다. 어린 묘가 잘 자라기 위해서는 성장을 방해하는 잡초를 먼저 제거해야 하듯이, 마음에 부여된 인(仁)·의(義)·예(禮)·지(智)·신(信)의 천성(天性)이 제대로 발현하기 위해서는 사악한 것이 방해하지 않도록 해야 한다는 뜻이다.

권도는 천성의 발현을 방해하는 것으로, 무엇보다 욕심을 지적했다. 천성과 욕심 가운데 무엇이 가득 차느냐에 따라 마음은 생장할 수도 있고 시들어버릴 수도 있다. 이것을 다른 말로 표현하자면, '인욕을 막는 것[遏人欲]'이 곧 '천리를 보존하는 것[存天理]'이다. 악한 것을 '비움'으로써 선한 것이 '충만'하게 되는 것이다.

지금 내 속에는 무엇이 가득 차 있는가? 욕심이 가득하다면,

선한 마음은 그만큼 줄었을 것이다. 선량한 생각과 남을 사랑하는 마음이 충만하다면, 악한 마음은 더 이상 활개를 칠 수 없을 것이다. 이 잠언을 읽으면서 인디언의 우화를 떠올렸다. 마음속에 있는 사랑과 평화의 늑대와 욕심과 미움의 늑대 중에서 어느 쪽에 먹이를 더 주느냐에 따라 이기는 늑대가 정해진다는 이야기.

아비규환의 지옥은 자기 배만 채우려 하기 때문에 고통스러운 곳이 된다. 상대의 배고픔을 이해하고 서로 먹여준다면, 아비규환의 지옥은 어느덧 천국이 될 것이다. 환경이 변한 것도, 상대가 변한 것도 아니다. 욕심만 추구하려는 마음을 바꾸어 이웃을 생각하고 함께 나누려는 마음으로 바뀐 것이다. 마음이 바뀌면 자신이 달라지고, 자신이 바뀌면 이웃과 세상이 다르게 보인다.

마음은 형체의
임금이라는 사실에 관한 잠언

- 권도

아득한 하늘과 땅, 아무리 둘러봐도 끝이 없네.

사람은 그 사이에서, 좁쌀만한 형체라네.

홀로 형체를 이루지 못하니, 군주가 있어야 하네.

스스로 군주가 되지 못하니, 붙잡아 보존해야 하네.

어떻게 해야 보존될까? 경(敬)이 근간을 이루네.

_心者形之君箴

茫茫堪輿 俯仰無形

人於其間 渺然有形

形不自形 以其有君

君不自君 以其操存

存之如何 敬爲之根

마음의 전쟁에서 이겨라-남명학파 잠(箴) 작품해설-

● 작품 해설

  거대한 하늘과 땅 사이에서, 사람은 좁쌀처럼 미미한 존재이다. 그렇지만 만물 가운데 사람이 가장 신령스러우며 천지와 함께 삼재(三才)에 참여할 수 있는 것은 마음이 있기 때문이다. 마음은 몸을 다스리는 군주이므로, 마음 없는 몸은 군주 없는 나라와 같아 유지될 수 없다.

  권도는 마음이 군주로서의 다스림을 수행하기 위해서는 경(敬)의 도움을 받아야 한다고 생각했다. 경은 마음의 근간이 되는 것으로, 올바르게 유지되도록 붙잡아 보존하는 역할을 하기 때문이다. 남명은 「신명사도」에서 마음을 '태일진군(太一眞君)'이라 하여 주재자(主宰者)로 표현하고, 경을 '총재(冢宰)'라고 하여 주재자를 돕는 재상으로 그렸다.

  이와 같은 맥락에서, 권도는 사람에게 마음이 중요한 까닭과 그 마음이 온전하게 보존되기 위해 경의 도움이 필요하다고 이해했다. 사람이 자신의 몸을 수양하기 위해서는 먼저 마음이 온전하게 보존되어 제 역할을 수행할 수 있어야 한다. 그리고 마음을 보존하는 방법은 경에 의지해야 가능할 수 있다.

늦게 뉘우친 사실에 관한 잠언

- 박태무

하늘은 아버지 땅은 어머니, 우리 모두에게 생명을 주셨네.

사람은 그 사이에서, 청명한 기운을 모아 받았네.

주재하는 이가 있으니, 태어나는 시초에 부여받았네.

모든 선을 갖추고 온갖 일을 응하니, 신령하고 비어져 있네.

사람이 사람인 까닭은 마음이 있기 때문이네.

만약 마음을 기르지 못한다면, 길짐승이며 날짐승이네.

보존하기도 하고 잃기도 하니, 순임금과 도척이 여기서 갈리네.

이익을 추구하기도 하고 선을 행하기도 하니, 이것이 경계선이
되네.

아, 나는 어리석어 예전에 분화한 것에 골몰했네.

한 조각 단전을 많은 해충이 교대로 공격하네.

정밀하고 한결같은 공부가 없다면, 무엇으로 위태롭고 은미한
마음 보존하랴.

날마다 옥죄고 달마다 잃는다면 보존되는 것 거의 없으리라.

도끼질을 당한 나무, 예전에 아름답지 않은 모습이 아니었네.

이미 달아난 돼지, 지금 순순히 불러오기 힘드네.

세월이 하릴없이 흘러 문득 예순이 되었네.

쇠잔한 여생에 옛것을 제거하고 새로움으로 나아가길 바랄 수
없네.

아, 그만이겠구나! 이 누구의 잘못인가?

자리 모퉁이에 서서 감회를 부치노라.

_晚悔箴

天父地母 賦我群生 人於其間 鍾得淸明

曰有主宰 稟自厥初 具衆應萬 旣靈而虛

人之爲人 由有是心 苟失其養 乃獸乃禽

或存或亡 舜跖斯分 爲利爲善 是其畦畛

杳余顓蒙 早汨紛華 一片丹田 衆慝交加

不有精一 孰保危微 日牿月喪 存者幾希

受斤之木 昔非不美 已放之豚 今難馴致

歲月荏苒 居然六旬 無望殘年 去舊卽新

於乎已矣 是誰之愆 書諸座隅 以寓感焉

● 작자 소개 : 박태무(朴泰茂, 1677-1756)

　자는 춘경(春卿), 호는 서계(西溪)이며, 본관은 태안(泰安)이다.

밀암(密庵) 이재(李栽)의 문하에서 수학했다. 저술로『서계집(西溪集)』이 있다.

● 작품 해설

　전반부는 사람에 대한 유학자의 일반적인 이해와 맥락을 같이 한다. 하늘과 땅이 사람을 탄생하게 하며, 사람은 모든 만물 가운데 가장 청명한 기운을 받아 태어난다. 태어날 적부터 내면의 주재자가 있으니, 바로 마음이다.

　『대학』에 명덕(明德)이라는 용어가 나오는데, 주희는 "사람이 하늘로부터 얻은 것으로, 비어져 있고 신령스러워 어둡지 않으며, 모든 이치를 갖추고서 온갖 일에 응하는 것이다."라고 해석했다. 마음과 명덕이 같으냐 다르냐 하는 문제는 조선 말기에 중요한 논제로 부각되었으며, 그 속에는 복잡다단한 성리학 이론에 근거해 다양한 논거와 주장이 제시되었다. 주희는 마음과 명덕의 관계를 거울에 비유한다. 마음은 거울의 전체를 의미한다면, 명덕은 사물을 비출 수 있는 밝은 부분을 가리킨다고 설명했다.

　이 잠언의 작자인 박태무(朴泰茂)는 사람이 태어날 적부터 자신을 주재하는 이를 부여받았는데, '모든 선을 갖추고 온갖 일을 응하니, 신령하고 비어져 있네.'라고 서술했다. 이것은 주희가 명덕에 대해 해석한 내용을 인용한 것이며, 마음이 주재의 역할을 하는 까닭은 명덕이 있기 때문이라는 견해를 드러내고 있다. 그는 '사람이 사람인 까닭은 마음이 있기 때문'이라고 표현했는데, 앞부분에서 서술한 내용에 근거하자면 '마음의 명덕이 있기 때문'이라는 의미로 말한 것이라고 이해하는 편이 자연스러운 듯하다.

박태무는 이 마음을 기르지 못한다면 짐승과 다를 바가 없다고 생각했다. 이 마음을 보존하면 순임금처럼 훌륭한 사람이 되며, 잃으면 도척 같은 악인이 된다고 한다. 그리고 순임금과 도척의 경계선은 자신의 이익만을 추구하느냐 공동의 삶을 위해 선을 행하느냐에 의해 갈라진다고 말한다.

작자는 예순 무렵에 이 잠언을 지었다. 노인이 되어 지난날을 돌이켜보니, 많은 후회와 회한이 밀려왔다. 견실한 일에 힘쓰기 보다는 분화한 것에 골몰했으며, 많은 해충이 교대로 공격하는 것처럼 여러 가지 상황과 일들로 인해 한 조각 마음은 항상 시달리며 흔들렸다. 그러므로 그는 "정밀하고 한결같은 공부가 없다면, 무엇으로 위태롭고 은미한 마음 보존하랴."라고 묻는다.

이 말은 남명의 「성잠(誠箴)」에서 이미 소개했듯이, 순임금이 우임금에게 왕위를 물려주면서 전수한 16자 심법(心法)인 '사람의 마음은 항상 위태롭고 도를 추구하는 마음은 늘 미약하다. 오직 정밀하게 공부하고 한결같이 실천하여 진실로 중용을 붙잡아라[人心惟危 道心惟微 惟精惟一 允執厥中].'라는 내용에 근거한 것이다.

박태무는 마음을 날마다 옥죄고 달마다 잃는다면 보존되는 것이 거의 없을 것이라 말한 후, 도끼질 당한 나무가 예전에도 흉한 모습은 아니었다는 비유를 들었다. 이 말은 맹자가 우산 (牛山)에 대해 비유한 내용을 인용한 것이다. 맹자는 사람이 본래 아름다운 마음을 가졌으나 스스로 망치고 잃게 되는 일을 설명하기 위해 제나라 동남쪽 근교에 있는 우산(牛山)을 예로 들었다. 이 산은 원래 숲이 우거진 아름다운 곳이었는데, 사람들이 벌목하고 가축이 방목되면서 헐벗게 되었다. 맹자는 우산이 사람과 가축에 의해 황폐화된 모습을 지적하며, 사람의 마음도 본래 악한 것이 아니라 후천적인 일들에 의해 나빠지게 되었다고 설명했다.

작자는 하릴없이 세월이 흘러 문득 예순이 된 자신을 돌아보면서 옛것을 제거하고 새로움으로 나아가길 바랄 수 없다고 술회했다. 그리고 '아, 그만이겠구나! 이 누구의 잘못인가?'라는 깊은 탄식을 자아냈다. 그의 술회와 탄식을 문자 그대로 이해해야 할까? 아닐 것이다. 처절한 절망과 후회는 새로운 출발점이 된다.

'이렇게 살아서는 안 된다.'는 심각한 반성이 있을 때, 새로운 각오와 삶의 변화가 시작된다. 학문·일·인격 등에서 진보와 발전이 없는 사람의 공통점은 자신이 잘 하고 있다는 자족감에 젖어 있는 사람들이다. 이런 사람들은 자신의 모습을 제대로 직시하지도 않을뿐더러, 남이 자신의 모습을 말해주면

마음의 전쟁에서 이겨라-남명학파 잠(箴) 작품해설-

분노한다. 자신은 잘 하고 있는데 무슨 소리를 하느냐고 생각하기 때문이다. 만약 박태무가 깊은 반성과 새로운 각오를 가지지 않았다면, 이 잠언은 지어지지 않았을 것이다. 그는 제목을 '늦은 후회[晩悔]'라고 붙였지만, 여생을 새롭게 살아갈 수 있는 '참다운 시작'으로 읽혀진다.

독서에 대한 잠언
- 박치복

정용기(鄭龍基)를 위해 짓다.

야자 속에서 나와 파도에 모래가 쓸리고 골짜기에 안개가 피어 오르는 듯한 것은 너의 마음이라. 우두커니 책상머리 마른나무 앞에 앉아 있을 뿐, 네 몸은 태항산 꼭대기에 있는가? 염예퇴의 물가에 있는가? 삼가하여 추생(雛生)의 말을 듣지 말라. 너를 끌어 들이고 너를 유혹하여 시냇가를 끼고 굽은 길을 가게 하네.

지난해에 마침내 말하길, "날이 저물어 길을 분간하여 찾을 수가 없습니다."라고 했네. 이런 까닭으로 옥루(屋漏)의 경계를 하노니, 아침에 살피고 저녁에 반성하라. 엄하기가 정수리에 놓는 침과 같도다. 네가 과연 부지런하고 삼갈 수 있다면 좌우명의 말에 부끄럽지 않으리라. 오, 크신 상제께서 거룩하게 임하시리라.

_讀書箴

爲鄭龍基作

出自椰子裏 若波滾沙谷簸霧者爾心 兀然坐丌頭槁木而已 爾身
在太行之巔歟 灔澦之潯歟 愼莫聽鯢生說 引爾誘爾 傍磎曲徑 去
歲聿云 暮不知尋 庸此爲屋漏誡 朝觀暮省 嚴似頂門針 爾果克勤克
惕 無媿座右之言 於皇上帝穆穆臨

● 작자 소개 : 박치복(朴致馥, 1824-1894)

　자는 훈경(薰卿), 호는 만성(晩醒)이며, 본관은 밀양(密陽)이다.
정재(定齋) 유치명(柳致明)과 성재(性齋) 허전(許傳)의 문하에서 수학
했다. 저술로『만성집(晩醒集)』이 있다.

● 작품 해설

　이 잠언은 박치복(朴致馥)이 정용기(鄭龍基)를 위해 지은 것으
로, 독서를 주제로 한 작품이다. 정용기의 생애를 파악할 수 있
는 자료를 아직 찾지 못했다. 물천(勿川) 김진호(金鎭祜, 1845-1908)
의 죽음을 애도하며 지은 뇌사(誄辭)에 '모시고 가르침을 받은
학생[侍敎生]'이라고 표기되어 있으며, 주석에 자는 내형(乃亨),
본관은 진양(晉陽)이며, 합천 삼가(三嘉) 연동(淵洞)에 거주했다는
사실을 확인할 수 있을 뿐이다. 박치복은 김진호에 비해 21세
가 더 많으므로, 박치복과 정용기의 연령 차이가 컸을 것이라
는 사실을 짐작할 수 있다.

　박치복은 온갖 상념이 일어났다 사라지기를 끝없이 반복하

는 마음의 모습을 '파도에 모래가 쓸리고 골짜기에 안개가 피어오르는 듯하다.'는 말로 비유했다. 하릴없이 밀려왔다 밀려가며 모래를 쓸어내리는 파도처럼, 부질없이 일어났다가 사라지는 골짜기 안개 같이, 마음속에서 온갖 상념이 정처없이 떠올랐다가 가라앉아 걷잡을 수가 없다. '야자 속에서 나왔다'는 표현은 야자 크기 정도의 작은 마음을 가리킨다고 이해된다.

이렇게 온갖 상념이 어수선하게 일어나므로, 몸은 우두커니 책상머리 마른나무 앞에 앉아 있을 뿐, 마음은 이미 저 멀리 태항산 꼭대기에 있고 염예퇴의 물가에 있다. 그래서 작자는 추생(鰍生)의 말을 듣지 말라고 경계한다. 그에게 유혹되어 끌려가면 굽은 길을 가게 되기 때문이다. 추생은 『사기(史記)』「항우본기(項羽本紀)」에 보이는데, 추(鰍)는 잉어과에 속하는 잔물고기로 소견이 좁은 사람을 비유한다. 따라서 남을 폄하하거나 자신을 낮추는 경우에 사용된다.

박치복은 "날이 저물어 길을 분간하여 찾을 수 없습니다."라고 탄식하는 정용기에게 옥루(屋漏)의 경계를 주어 아침에 살피고 저녁에 반성하라고 권면했다. 옥루는 집안의 가장 깊숙한 곳으로, 남들이 보지 못하고 자기 홀로 있는 공간이다. 옥루의 경계란 남들이 보지 못하고 알지 못하는 때와 상황에서도 자신의 마음가짐과 행동을 삼가고 조심하라는 뜻이다. 『대학』과 『중용』에는 '홀로 있을 때에 삼간다[愼獨].'라는 말로 표현되어 있는데 같은 의미이다.

독서는 조용한 곳에서 혼자 하는 경우가 많다. 그렇기 때문에 홀로 있을 때, 아무도 보지 못하고 알지 못하는 곳, 그런 때와 장소에서 더욱 자신을 삼가고 마음을 붙잡아야 한다고 경계했다. 이 훈계는 정수리에 놓은 침처럼 엄중한 것이라고 강조할 뿐만 아니라, 홀로 있는 때와 장소에서도 상제께서 거룩하게 임하여 계신다는 사실을 잊지 않도록 환기시켰다.

『대학』에서 신독(愼獨)을 설명하며 다음과 같은 일화를 예시했다.

"소인은 한가로이 지낼 때 나쁜 짓을 하는데, 이르지 않는 곳이 없을 정도로 마구 해댄다. 그러다가 군자를 보게 되면 슬그머니 자신의 나쁜 짓을 감추고 잘한 일을 드러낸다. 하지만 사람들은 간과 폐를 들여다보듯 자기의 속을 환하게 보고 있다. 그렇다면 무슨 유익이 있겠는가? 이것을 일컬어 마음에서 진실하면 밖으로 드러난다고 말하는 것이다. 그러므로 군자는 홀로 있을 때를 삼간다."

참으로 정신이 번쩍 드는 훈계이다. 남들이 보지 못하고 알지 못하는 곳일지라도 자신은 분명하게 알고 있으며, 마음속에 그 사실이 그대로 간직되어 있다. 남을 속일 수는 있어도 자신의 마음을 속일 수는 없다. 결국 마음속에 간직되어 있는 사실들이 자신도 모르는 사이에 밖으로 흘러나오는 것이다. 만약 철저하게 숨기고 감추어 남들에게 알려지지 않았다고 하더라도, 자신의 마음이 끊임없이 꺼내어 물을 것이다. 나쁜 짓을 하면 남들 때문에 괴로운 것이 아니라, 자신의 마음으로 인해 큰 고통을 받는다.

  홀로 독서하는 때는 물론이고, 언제 어디서나 늘 자신의 마음가짐과 행동을 삼가고 조심해야 할 것이다. 나는 지금 어떠한가? 마음과 행동의 상태는 어떠한가? 박치복과 함께 교유하며 활동했던 단계(端磎) 김인섭(金麟燮)도 홀로 있는 곳에서 삼가는 일에 대해 잠언을 지었는데, 함께 연결하여 살펴보는 것도 좋을 듯해 아래에 전문을 소개한다.

홀로 있는 곳에서 삼가는 일에 관한 잠언

밝은 천명이 성대하게 빛나니, 상제께서 임하시네.
잠시라도 혹 놓아버린다면, 길짐승이 되고 날짐승이 되네.
그 단서가 매우 은미하니, 그 기미가 심히 위태롭도다.
가만히 불어나고 암암리 자라나서 마침내 도와 떨어지네.
군자가 되는 까닭은 항상 삼가고 두려워함을 보존하기 때문이네.
어느 때이건 그렇지 않음이 없고, 어떤 사물도 갖추고 있지 않음이 없네.
이것에 더욱 엄격하여 반드시 홀로 있는 곳에서 삼가라.
마치 아버지와 스승을 대하듯이, 연못과 골짜기에 떨어질 듯이 삼가라.
성인이 되고 현인이 되는 길이 오로지 여기에 달려 있네.

잠언을 지어 자리 모퉁이에 게시하노니, 항상 눈이 거기에 있을
지어다.

_愼獨箴

明命赫然 上帝是臨 晷刻或放 乃獸乃禽 其端甚微 其幾甚危 潛
滋暗長 遂與道離 所以君子 常存戒懼 無時不然 無物不具 於此尤
嚴 必愼其獨 如對父師 若臨淵谷 爲聖爲賢 亶其在玆 箴揭座右 常
目在之

동지(冬至)에 관한 잠언

- 김인섭

하늘에 환한 도가 있으니, 그 부류에 따라 드러나도다.

음양과 선악, 이것이 경계가 되네.

양은 군자가 되고, 음은 소인이 되네.

군자와 소인, 각기 부류대로 모이도다.

군자가 나아가 등용되면, 나라가 창성하게 되네.

소인이 나아가 임용되면, 멸망에 이르게 되네.

고금의 교훈되는 본보기, 뚜렷하고 분명하도다.

뒤를 이은 우리들, 어찌 이전 일들 거울삼지 않겠는가?

지금의 일들 돌아보니, 눈물이 쏟아져 내린다.

감히 온전함을 바랄 수 있으랴? 어찌 편안함을 구할 수 있으랴?

종사는 무력하고, 백성은 비참히 짓밟히도다.

사람은 재앙만 자초하고, 하늘은 난리만 내리도다.

온 나라가 요동하여 술렁이고, 해와 달과 별은 어둠에 가려졌도다.

곡하려 한들 무슨 낯으로 하랴? 말하려 한들 무슨 보탬이 있으랴?

옷을 떨치고 멀리 떠나려 하지만, 굽어보니 망망할 따름이다.

높은 곳을 오르려 하나 사다리가 없고, 바다를 건너가려 하나 배가 없구나.

문을 닫아걸고 신음하며 앓으니, 허물이 없기만을 바랄 뿐이라.

외국말 날로 시끄러워지고, 이국 복장 껴입고 다니는구나.

시대가 막힌 때를 만나니, 추운 기세 들판에 덮였도다.

음(陰)이 위에서 극성하고, 양(陽)은 아래에 전복되어 있도다.

군자는 비호를 받으며, 소인은 집을 무너뜨리도다.

성인께서 나를 속였겠는가? 기뻐하면서 속히 글을 쓰네.

난리가 극성하면 다스려지게 되고, 막힘이 끝나면 펼쳐지게 되나니.

만물이 통창하게 되고, 모든 생명 함께 의지하네.

밝고 밝은 태양, 동방을 환하게 비추네.

아름다운 궁궐에 봄이 깊고, 임금님 거둥하시는 길 볕이 길도다.

우리 젊은이들에게 기대하노니, 양덕(陽德)이 날로 형통해지리라.

후회에 이르지 말아서, 우리 삶을 마치기를.

_冬至箴

天有顯道 厥類惟彰 陰陽淑慝 是爲大防

陽爲君子 陰爲小人 君子小人 各以類臻

君子進用 而邦其昌 小人進用 乃底滅亡

古今鑑戒 歷歷昭然 凡我嗣後 胡不監前

睠顧時事 有淚汍瀾 敢冀得全 敢望求安

宗社綴旒 生靈糜爛 惟人召禍 惟天降亂

九域飆回 三精霧塞 欲哭亥可 欲言奚益

振衣遐擧 俯視茫茫 陟巘無梯 駕海無航

杜門吟病 庶希過寡 異言日進 異服將騈

時值閉關 寒威蔽野 陰極于上 陽反於下

君子得輿 小人剝廬 聖不我欺 喜而疾書

亂極而治 否終則泰 萬物其通 群生咸賴

明明太陽 照臨震方 彤墀春深 黃道晷長

期余小子 陽德日亨 无底于悔 以畢吾生

● 작자 소개 : 김인섭(金麟燮, 1827-1903)

자는 성부(聖符), 호는 단계(端磎)이며, 본관은 상산(商山)이다.
정재(定齋) 유치명(柳致明)과 성재(性齋) 허전(許傳)의 문하에서 수학
했다. 저술로 『단계집(端磎集)』이 있다.

● 작품 해설

이 잠언을 통해 김인섭이 겪었던 당시의 상황이 얼마나 절망
적이었는가를 적나라하게 볼 수 있다. 임금은 꼭두각시처럼
아무런 권한이 없고 백성은 이중삼중으로 수탈을 당해 무참히
짓밟히는 상황이었다.

그가 보기에 사람들은 스스로 재앙만 자초하는 듯하고, 하늘은 오로지 난리만을 내리는 것처럼 여겨졌다. 곡을 하려고 해도 무슨 낯으로 할 수 있겠으며, 말을 하려 해도 아무런 도움도 되지 않는 현실에서, 차라리 세상을 떠나 산 속으로 숨거나 바다를 건너려 해도 그럴 수 있는 형편이 되지 못하니, 문을 닫아건 채 앓아누워 신음하면서 자신의 허물을 줄일 수 있기를 바랄 뿐이라고 탄식하였다.

　　그러나 이처럼 지극히 어려운 상황 속에서도 한 줄기 희망을 발견하였다. 『주역(周易)』 박괘(剝卦)에 음이 극성한 그 때에 다시 양을 회복하게 된다고 하였으니, 난리가 극성하면 다스려지는 데로 나아가게 되고 막힘이 종결되면 펼쳐지게 되는 것이다. 그리하여 매우 곤궁하고 험난한 시대 상황 속에서도 다시 회복될 날에 대한 희망의 씨앗을 품을 수 있었으며, 그 씨앗을 젊은이들이 키워나가기를 기대하였다.

　　근대시기 문학가 이광수(李光洙)가 본래부터 친일을 했던 것은 아니다. 오히려 처음에는 독립운동에 가담했었는데, 일제 치하의 세월이 오래 지속되면서 결국 친일로 넘어가게 되었다. 그는 광복이 된 후, "그때는 일제가 망하리라 꿈에도 생각하지 못했다."라고 술회하며 자신이 친일을 하게 된 이유를 변명했다.

　　김인섭과 이광수의 두 경우를 보면서, 절망은 상황에 있는 것이 아니라 자신의 마음에 있다는 것을 알게 된다. 그러므로 상황이나 사건에 대해 어떤 마음으로 받아들이고 어떻게 대응

하느냐가 삶의 방향을 결정하는 중심축이 된다.

　건강한 신체를 가지고도 노력을 하지 않은 채 스스로 절망에 빠져 자살하는 사람이 얼마나 많은가. 자살에 이르지 않더라도 부모를 원망하고 자신의 신세를 한탄하며 늘 제자리에 머물러 있는 사람들이 얼마나 많은가. 이것과 정반대로 온몸에 화상을 입고도 희망의 메시지를 전하기 위해 열심히 살아가고 있는 이지선, 팔다리 없이 태어나 전동 휠체어를 타고 다니지만 의지와 용기로 장애를 극복하고 누구보다 밝고 건강하게 사는 오토다케 히로타다 등의 사람들이 있다.

　쉽게 좌절하고 비관했던 나 자신을 돌아본다. 깊은 절망에 빠져 슬픔의 바다에 가라앉아 있는 듯 했던 그때는 몰랐었다. 희망과 절망은 내가 어떻게 받아들이느냐에 달려 있다는 사실을. 어느 누구도 항상 행복하거나 계속해서 불행하지도 않으며, 좋은 일과 안 좋은 일은 늘 함께 온다는 진실을.

　만약 과거로 돌아가 그때의 나를 만날 수 있다면 이렇게 말해주고 싶다. "지금은 이 상황이 영원할 것 같지만, 모든 일은 강물처럼 흘러간다. 기쁜 일도 흘러가고 슬픈 일도 흘러간다. 삶의 무게를 조금만 더 참고 견딘다면, 기적 같은 일은 일어나지 않더라도 보다 단단해진 마음과 튼실해진 두 다리를 발견할 수 있어. 삶이 가벼워진 것이 아니라, 내 마음과 다리가 튼튼해졌다는 사실을 알게 될꺼야."

다섯 가지 잠언
서문을 병기함 계사년

- 곽종석

내가 올해 어느덧 마흔 여덟 살이 되었다. 총명은 예전만 못하고 도덕은 날마다 초심과 어긋난다. 한문공(韓文公)이 이전에 먼저 그런 일을 깨달았다. 머리를 숙이고 들면서 한탄하다가 본받아「오잠(五箴)」을 지었다. 힘쓸지어다! 너 종석아!

좋아함과 싫어함에 대한 잠언

귀와 눈이 좋아하는 것을 따르지 말며, 입과 몸이 싫어하는 것을 반드시 살펴라.

한 생각의 싫어함이 자신을 실추시키고 집안을 망하게 하네.

한 생각의 좋아함이 도척(盜蹠)이 되고 걸왕(桀王)이 되게 하네.

남의 선을 좋아함이 자기의 선을 좋아함이 되며,

자기의 악을 싫어함이 남의 악을 싫어함보다 급하네.

싫어하기를 가려운 자가 반드시 긁듯이 하며,

좋아하기를 굶주린 자가 반드시 먹는 것처럼 하네.

조속히 분변해야 하며, 참되게 확충해야 한다네.

_五箴 竝序 癸巳

余今年忽忽已四十八矣 聰明不及於曩時 道德日負於初心者 韓
文公已先獲之矣 俯仰感慨 倣而作五箴 勉哉汝鍾錫乎

_好惡箴

耳目之好勿徇 口體之惡必察 一念之惡 卽隕軀喪家 一念之好 卽
倣蹠作桀 好人之善是爲好己之善 惡己之惡急於惡人之惡 惡之如
痒者之必爬 好之如飢者之必食 宜辨之蚤 宜擴之實

● 작자 소개 : 곽종석(郭鍾錫, 1846-1919)

　　자는 명원(鳴遠), 호는 면우(俛宇)이며, 본관은 현풍(玄風)이다.
만성(晚醒) 박치복(朴致馥)과 한주(寒洲) 이진상(李震相)의 문하에서
수학했다. 저술로『면우집(俛宇集)』이 있다.

● 작품 해설

　　곽종석은 마흔 여덟 살이 되는 해에 자신의 모습을 돌아보
니, 총명은 예전만 못하고 마음은 초심과 점점 멀어지고 있다

는 사실을 깨달았다. 자신의 이런 모습을 한탄하다가 당나라 때의 한유(韓愈, 768-824)가 「오잠(五箴)」을 지어 현재의 모습을 반성하고 새로운 각오를 새긴 일을 본받아 다섯 가지를 경계하는 잠언을 지었다.

한유는 「오잠」의 서문에서 "사람은 자신의 잘못을 알지 못할까 근심해야 한다. 이미 알고도 고칠 수 없는 것은 용기가 없기 때문이다. 나이가 서른여덟에 이르니, 잘아진 머리카락은 날마다 더욱 희어지고 흔들리는 치아는 나날이 더욱 빠진다. 총명은 예전 때만 못하고 도덕은 나날이 초심을 저버린다. 군자에 이르지 못하고 끝내 소인이 될 것이 분명하구나. 「오잠」을 지어 나쁜 조짐을 자책하노라."라고 잠언을 짓게 된 동기를 밝혔다.

한유가 경계한 다섯 가지 조목은 놀이[遊], 말[言], 행실[行], 좋아함과 싫어함[好惡], 이름이 알려지는 일[知名] 등이다. 곽종석은 좋아함과 싫어함[好惡], 생각[思慮], 몸을 지키는 일[守身], 곤궁에 처하는 일[處困], 학문을 강론하는 일[講學] 등에 관한 다섯 가지 잠언을 지었다.

「호오잠」에서는 자신이 좋아하고 싫어하는 일을 자세히 살펴 이치에 합당한 올바른 호오가 되기를 경계했다. 귀와 눈이 좋아한다고 해서 무조건 따라서도 안 되며, 입과 몸이 싫어하는 일이 과연 싫어할 만한 것인지 살펴야 한다고 말한다. 한 생각의 싫어함에 의해 자신을 실추시키고 집안을 망칠 수도 있으며, 한 생각의 좋아함 때문에 도적과 폭군처럼 될 수도 있다는 사실을 지적한다. 또한 다른 사람의 착한 일을 좋아하는 것이 자기의 착한 일을 좋아하는 것이 되며, 남의 나쁜 점을 싫어하는 것보다 자기의 나쁜 점을 싫어하는 것이 더 급하다고 설명한다.

이처럼 자신의 호오를 살펴 올바르다고 판단된다면, 싫어하기를 가려운 자가 반드시 긁어야 하는 것처럼 싫어하며, 좋아하기를 굶주린 자가 반드시 먹어야 하듯이 좋아해야 한다. 그리하여 호오가 올바른지를 민첩하게 분변한 후, 진실하게 실천하여 확충해야 한다는 말로 끝을 맺었다.

이 잠언을 읽으면서 몸의 속성을 생각했다. 곽종석이 말하듯이, 입과 몸이 싫어하는 것을 참으로 싫어할 만한 일인지 살펴야 한다는 사실을 근래에 깨달았기 때문이다. 몸은 편안한 상태를 좋아하기 때문에, 운동을 하거나 힘든 일을 하는 것을 무척 싫어한다. 그래서 원하는 대로 계속 따라주면 몸이 고마워할 것 같은데, 오히려 더욱 피곤해하면서 요구하는 정도가 높아진다. 이것과 반대로 적절하게 고생시켜 훈련을 하면 할수록 가뿐해지고 말도 잘 듣는다. 따라서 몸이 원하고 좋아하는 일을 그대로 다 들어준다면 결국 몸을 망치게 된다.

비단 몸뿐만이 아닐 것이다. 음식을 먹고 일을 하며 사람들과 어울려 살아가는 일상의 모든 일에서 자신의 좋아함과 싫어함이 사리에 맞고 올바른 것인가를 항상 생각해야 한다. 그리고 감정에 있어서도 자신의 좋아함과 싫어함이 합리적이며 타당한 것인지를 살펴보아야 한다. 사랑에 눈이 멀어 자식을 망치는 일은 역사 기록에 헤아릴 수 없이 많으며, 현재 나를 비롯한 우리에게도 일어나는 일이다. 『대학』에서 "어떤 누군가를 좋아하되 그의 나쁜 점을 알며, 싫어하되 그의 훌륭한 점을 아는 사람이 천하에 드물다."라고 말했다.

생각에 관한 잠언

- 곽종석

천하의 일은 모두 생각에서 생겨나네.

재앙과 상서로움, 흥함과 길함, 털끝만한 차이에서 빚어지네.

쓸데없는 근심과 헛된 욕심, 미미하다고 말하지 말라.

파도에 쓸리는 모래와 골짜기에 피어오르는 안개처럼,

한번 무너져 쏟아지면 지탱할 수가 없네.

고요히 정신을 집중하면 우주가 평화롭다네.

_思慮箴

　天下之故 咸生於思 災祥凶吉 所差毫釐 閒憂浮欲 莫曰其微 波
沙谷霧 一潰弗支 穆然神凝 宇宙清夷

● 작품 해설

　'천하의 일은 모두 생각에서 생겨난다.'라고 전제했다. 불교의 '모든 일은 마음이 만든다[一切唯心造]'라는 말과 유사해 보인다. 마음과 일의 관계에 대해 유교와 불교가 동일한 견해를 가지는 것처럼 이해될 수도 있다. 하지만 그 다음의 수양 방법에서 확연하게 갈라진다. 유교는 모든 일이 마음에 의해 생겨나므로, 이 마음을 붙잡아 올바른 상태를 유지해야 한다고 말한다. 불교는 본래 마음이라는 것은 없으므로, 마음이 공(空)이라는 사실을 깨달아 끌려 다니지 말라고 가르친다.

곽종석은 유교의 관점에 입각하여 마음을 이해하며, 마음의 작용인 생각에 대해서도 동일한 맥락에서 파악한다. 미세한 생각의 차이에 의해 재앙과 상서로움, 흉함과 길함이 갈라진다. 이런 까닭으로 쓸데없는 근심과 헛된 욕심이 미미하다고 여겨 방치해서는 안 된다. 장차 그것이 파도에 쓸리는 모래와 골짜기에 피어오르는 안개처럼 한번 무너져 쏟아지면, 그때는 이미 막을 수 있는 방법이 없다. 그러므로 『서경(書經)』「다방(多方)」에서 "성인(聖人)일지라도 생각하지 않으면 광인(狂人)이 되며, 광인이라도 생각을 잘 하게 된다면 성인이 된다."라고 생각의 중요성을 강조했다.

매순간 마음이 깨어 있는 상태를 유지하여 생각의 미세한 움직임도 잘 분변해야 한다. 그리하여 좋은 생각은 확충하고 나쁜 생각은 잘라내어 내면이 맑고 고요해야 한다. 곽종석은 정신이 고요하게 집중되어 있으면 우주가 평화롭다고 말한다. 역으로 뒤집어 본다면, 정신이 어지럽게 흩어져 있으면 우주

가 혼란스럽다는 말이 된다. 나의 내면이 어떠하냐에 따라 우
주가 평화롭기도 하고 전쟁터가 되기도 하는 것이다.

마음의 전쟁에서 이겨라-남명학파 잠(箴) 작품해설-

몸을 지키는 일에 관한 잠언

- 곽종석

반 보의 걸음도 경계하지 않으면 네 몸을 잃게 되며,

한마디의 말도 살피지 않으면 네 몸을 잃게 되네.

조금의 밥과 국에도 네 몸을 잃게 되며,

아주 작은 물건에도 네 몸을 잃게 되네.

몸을 잃는다면, 지킬 것이 무엇이 남겠는가?

조심스럽게 마음에서 떠나지 말며,

막연하게 시대를 사모하지 말라.

부모가 자식을 지키듯이 간절하게 하며,

천지가 사람을 지키듯이 확고하게 하라.

_守身箴

　跬步不戒失爾身 片言不審失爾身 簞食豆羹失爾身 錙銖涓滴失

爾身 身之且失 所守奚存 兢然其不離乎方寸 漠然其無慕乎時辰 懇

乎其爲父母守子 確乎其爲天地守人

마음의 전쟁에서 이겨라-남명학파 잠(箴) 작품해설-

● 작품 해설

몸을 망치는 원인이 큰일에 있지 않다고 경계한다. 반 보의 걸음을 걸을 적에도, 한마디의 말을 할 적에도, 조금의 밥과 국으로 인해, 아주 작은 물건 때문에 몸을 잃을 수 있다고 지적한다. 일상을 살아가는 동안 겪게 되는 모든 일에서 몸을 잃는 재앙이 발생할 수 있는 것이다. 그래서 증삼(曾參)은 임종할 때 제자들에게 자신의 온전한 몸을 보이며, 『시경』의 '삼가고 두려워하여 깊은 연못가에 서 있는 것처럼 얇은 얼음을 밟듯이' 항상 조심하는 태도로 살아가기를 유언했다.

일상의 생활 속에서 순간순간 어떤 일을 당하게 될지 알 수 없으므로, 작자는 조심스럽게 마음에서 떠나지 않기를 경계했다. 그리고 막연하게 시대의 추이를 사모하여 휩쓸려가지 않아야겠다고 마음에 새겼다. 곽종석이 살아간 구한말의 시대 상황을 생각한다면, 그가 몸을 지키는 일을 성찰하면서 시대의 변화를 분별없이 추종해서는 안 된다고 경계한 이유를 충분히 이해할 수 있다.

마지막 부분에서 부모가 자식을 지키듯이 간절하게, 천지가 사람을 지키듯이 확고하게, 자신의 몸을 지켜야 한다고 각오한다. 몸을 잃는다면 더 이상 지킬 것이 없기 때문이다. 이 몸은 육체를 포함한 전인격을 가리킨다.

곤궁한 처지를 대하는
자세에 관한 잠언

- 곽종석

독은 편안한 곳에 있으며, 상심은 좋은 일에 연유하네.

많은 사람이 기롱하고 능멸할 때, 너의 말과 행동을 신칙하게 되네.

외부의 근심이 요동하고 소란스러울 때, 너의 덕성을 견고하게 하네.

가난을 통해 네가 검약을 일깨우고 청렴을 진작하게 되기를 바라며,

병듦에 의해 네가 생명을 가꾸고 목숨을 기르게 되기를 바라네.

수만의 말들이 어지럽게 내달릴지라도 홀로 다리를 붙이고 버

텨라.

의지가 이끌어 기운을 증강하고, 지혜로운 통찰이 날마다 깨어

있으라.

_處困箴

毒在宴安 弔倚福慶 衆侮之譏罵陵轢 所以飭汝之言動 外患之震

撞築磕 所以堅汝之德性 貧欲汝之昭儉而振淸 病欲汝之攝生而養

命 萬馬紛衝 獨脚駐定 志帥增氣 慧竅日醒

● 작품 해설

　사람들은 모두 자신의 뜻대로 되기를[如意] 원한다. 다른 사람에게 축원하거나 자신을 위해 빌 때에도 모든 일이 뜻과 같이 되는 것[萬事如意]을 소망한다. 손오공의 여의봉(如意棒)과 용이 물고 있는 여의주(如意珠)는 그냥 지어진 이름이 아닐 터이다. 그런데 자신의 모든 일들이 여의하게 된다면 아무런 문제가 없겠지만, 세상을 살아가면서 여의한 일들보다 여의치 않은 경우가 훨씬 더 많다. 자신의 뜻대로 되지 않을 때 우리는 실망과 좌절을 느낀다. 그런 일들을 고난이라고 생각한다.

　곽종석은 고난을 좋은 기회로 받아들인다. 사람이 성숙하게 되는 계기가 고난 속에 있으며, 편안한 곳에는 독이 있다는 사실을 지적한다. 기롱과 능멸을 통해 자신의 말과 행동을 신칙하게 되며, 근심스러운 일로 인해 덕성을 견고하게 된다. 가난으로부터 검약의 정신을 깨우치며 청렴한 생활을 익히게 된다. 병듦을 통해 자신의 생명을 소중히 생각하게 되며, 가꾸고 기르는 일에 마음을 쓰기 시작한다.

　마지막 부분에서는 수만의 말들이 어지럽게 내달리는 듯한 상황일지라도 홀로 우뚝하게 다리를 붙이고 버텨야 하며, 의지를 북돋고 기운을 증강하여 날마다 지혜로운 통찰이 깨어

있도록 노력해야 한다고 다짐했다.

곽종석이 살아간 시대, 조선이 붕괴하고 일제가 다스리는 암흑한 상황, 자신이 평생 마음과 힘을 다해 믿고 실천한 유학이 새로운 시대의 개벽을 가로막는 퇴물로 여기는 인식, 갓을 쓰고 두루마기를 입은 유학자를 원숭이처럼 놀리게 된 풍조. 이러한 상황은 수만 마리의 말들이 어지럽게 내달리는 속에 서 있는 것보다 더 혼란스럽고 마음이 무너지는 때가 아닐까?

그럼에도 불구하고 자신의 마음을 끝없이 일으켜 세우고 날마다 깨어있는 정신으로 살아간 곽종석은 시대를 견디고 역사를 넘어 오늘날 우리에게 통달한 유학자로, 파리장서를 작성한 애국자로서 존경을 받으며 여전히 살아 있는 정신으로 전해지고 있다.

여의의 반대편에 있는 곤궁을 좋은 기회로 받아들여 새로운 전환과 도약으로 삼기를 가르치는 훈계들이 많다. 노자(老子)는 "재앙이여! 복이 의지하는 것이로다. 복이여! 재앙이 잠복해 있는 것이로다."라고 말하여 복과 재앙이 항상 맞물려 있는 사실을 깨우쳤다.

맹자는 고난의 의미에 대해 다음과 같이 이야기 했다. "하늘이 장차 어떤 사람에게 큰 임무를 맡기려 할 적에, 반드시 먼저 그의 마음과 뜻을 괴롭게 하고 그의 근육과 뼈를 힘들게 하며, 그의 신체와 살을 굶주리게 하고 그의 몸을 궁핍하게 한다. 어떤 일을 하려 하면 어지럽혀 어긋나게 하니, 마음을 움직이고 성질을 견디게 해서 그가 할 수 없었던 일들을 더욱 잘 하도록 만든다."

　이러한 훈계들을 생각해보면, 사람은 편안할 때에는 향상되기 어렵고 고난과 역경을 통해 새롭게 변화하고 진보할 수 있다는 사실을 알게 된다. 그래서 신영복 선생은 '구도(求道)에는 고행이 따릅니다. 고행 그 자체가 공부입니다.'라는 함축된 말을 통해 고난이 주는 의미를 새겨보기를 권면했으리라. 고난으로 인해 유능해지는 것도 자연스러운 결과이지만, 고난 그 자체가 가르침이라는 사실을 잊어선 안 된다.

마음의 전쟁에서 이겨라-남명학파 잠(箴) 작품해설-

강학에 관한 잠언

- 곽종석

　육합(六合)을 아득하게 여기지 말며, 자신과 집안을 소홀히 여기지
말라.

　말을 교묘하게 꾸미지 말며, 주석에 얽매이지 말라.

　쉽다고 대충 음미하지 말며, 어렵다고 스스로 막히지 말라.

　자기와 다르다고 즉시 내치지 말며, 자기와 같다고 성급히 동조
하지 말라.

　근본이 함양된다면, 이치가 드러나지 않는 곳 없으리라.

_講學箴

勿漭漭於六合 勿邁邁於身家叶

勿謰謰於言辭 勿規規於箋註

勿以平易而乍嚌 勿以滯難而自錮

勿以異己而便置 勿以同己而遽與

本之涵養 理莫不著

● 작품 해설

육합(六合)은 하늘과 땅, 그리고 동서남북을 말하니, 이 세상을 포함한 온 우주를 가리킨다. 작자는 거대한 우주에 대해 아득하게 여겨 무관심해서는 안 된다고 말한다. 그렇다고 해서 눈이 먼 곳만 바라보고 있어서는 안 된다. 자신을 올바르게 세워가고 집안을 화목하게 가꾸는 일도 소홀하게 생각해서는 안 된다. 조선시대 유학자가 지향한 공부의 범위는 거대한 우주로부터 미세한 일에 이르기까지 모두 해당되었다.

책을 읽을 적에 쉽다고 대충 음미하거나 어렵다고 스스로 막히지 말라고 지적한다. 진리는 어려운 이론이나 화려한 문장 속에 있는 것이 아니라, 쉽고 평범한 말들 속에 있으며 일상의 비근한 일들 가운데 내재하고 있다. '어렵다고 스스로 막히지 말라'는 말은 책을 읽을 때 이해되지 않는 난관을 만나면 거기에 주저앉아 있지 말라는 뜻으로 이해된다. 우선 이해되는 부분부터 차근차근 읽은 후, 다시 어려운 부분으로 돌아가 살펴보면 해결되는 경우가 많기 때문이다. 나의 선생님은 한문을 해석할 적에 해결되지 않는 대목이 있으면 우선 넘어가 뒷부분부터 파악하고, 전체적인 맥락 속에서 이해되지 않는 부분을 다시 고민하라고 말씀하셨다. 어려운 부분에 머물러 계속 고민하는 것이 오히려 문제 해결을 더디게 할 수 있기 때문이다.

다른 사람과 토론할 때 자기와 다르다고 즉시 내치거나 같다고 성급히 동조해서는 안 된다고 말한다. 강론의 유익함은 자기와 다른 견해를 가진 사람들의 이야기를 들으며 자신의 생각을 수정하고 보완하는 데에 있다. 자기와 견해가 같다고 기뻐하고 다르다고 귀를 막아 듣지 않는다면, 여러 사람이 함께 모여 다양한 이야기를 나눌 필요가 없다.

학자들 중에 자신의 견해만을 옳다고 여기는 독단에 빠져 잘못된 생각을 고칠 기회가 없는 사람들이 간혹 있다. 일평생 열심히 연구했는데, 잘못된 견해에 근거하여 전혀 엉뚱한 결론에 도달한다면 그 얼마나 안타까운 일이겠는가? 그러므로 예전이나 지금이나 참된 진리를 찾고자 하는 학자는 먼저 자신이 틀릴 수 있다는 생각을 가지고 겸허하게 남의 견해를 듣는다. 자신의 생각만을 지키는 사람과 남의 견해를 받아들여 자신의 생각을 바로잡는 사람 가운데 누가 더 발전이 있겠는가? 누가 더 지혜와 안목이 풍부하겠는가?

마지막 부분에서 '근본이 함양된다면 이치가 드러나지 않는 곳이 없다.'는 말은 주자학의 성리설에 근거한 설명이다. '사람 본성은 천리를 부여받은 것[性卽理]'이라는 대전제를 설정하고 있으므로, 공부를 통해 마음속에 내재하고 있는 이치[理]를 잘 함양하면 일상의 모든 생활 속에서 이치가 발현될 수 있다고 생각했다. 그리고 공부란 자기를 포함한 이 세상 모든 만물을 탐구하여 이치를 알게 되는 지(知)의 영역과 마음을 올바르게 유지하고 바깥일을 합당하게 처리하는 행(行)의 영역으로 구별했다. 두 가지가 함께 병행되어야 온전한 공부가 되므로,

새의 두 날개 또는 수레의 두 바퀴로 비유하여 설명한다.

옛사람의 공부와 오늘날 우리의 공부가 같은 부분도 많지만, 다른 측면도 크다. 옛사람이 공부를 통해 이루고자 한 전인격의 완성은 오늘날 우리가 기대하는 우수한 전문가 양성과는 목적이 다르다. 태교로부터 임종에 이르기까지 언제나 훌륭한 사람이 되기를 바라고 노력해도 아름다운 인격과 삶에 도달한 사람이 많지 않았는데, 애초에 지식과 인격을 분리해서 생각하는 오늘에 있어서랴!

인격 장애로 인해 사회적인 문제가 폭등하자 인성 교육을 강조한다. 인성 교육을 위해 새로운 수업이 개설되고, 교실 안에서 인성과 관련된 지식을 가르치며, 시험을 통해 확인한다. 그러나 아이들의 마음은 감동을 받지 못하고 변화하지 않으며, 한쪽으로 기운 인격으로 성장한다. 그 원인이 무엇일까? 인격은 지식을 통해 형성되는 것이 아니라, 보고 배우며 느끼고 감동하면서 변화한다. 아이에게 효도를 가르칠 필요가 없다. 아이는 부모가 그의 부모에게 어떻게 하고 있는지를 온 몸으로 보고 느끼고 있기 때문이다. 말로 가르치는 것보다 몸으로 보여주는 것이 더 엄하다.

자신을 성찰하는 네 편의 잠언

- 하겸진

적은 물이 쌓여 마침내 바다가 되며,
작은 빛이 쌓여 결국 하늘이 되네.
쌓이면 오래가고 오래가면 전일하네.
전일하면 본래 그러한 듯하며,
본래 그러한 듯이 한다면, 본성이 드디어 세워지네.

성인은 인류의 극치이니, 배운다면 어찌 이르지 못할까?
아직 이르지 못했다면, 이르게 되기를 구해야 하네.
이미 이르렀다면, 그 마음 항상 이르지 못한 듯하네.
너는 스스로 이르기를 바라지 말며,
너는 아직 이르지 않았는데 이르렀다고 말하지 말라.

너는 이 도를 들었는데,
지성으로 남에게 말하지 않으니,

마음의 전쟁에서 이겨라-남명학파 잠(箴) 작품해설-

도를 듣지 않은 사람과 무엇이 다르랴?
하늘은 반드시 네 마음의 무자비를 미워하여
네 몸에 재앙을 내리시리라.

육경은 해와 달이니, 더럽힐 수가 없네.
더럽힐 수 없음을 안다면,
어찌 그 도를 어두운 거리에서 더욱 밝아지도록 하지 않는가?
아! 세상에 이 임무를 짊어진 자가 있는가?
없구나.
사람들의 병통은 뜻이 없는 데에 있을 뿐,
힘이 펼쳐지지 않는 것에 병통이 있지 않네.

_自省四箴
涓涓之積 斯爲海 昭昭之積 斯爲天 積則久 久則專
專則如自然 自然而然 性斯立焉

聖人人倫之至 學之則豈有不至 其未至也 求爲可至 其旣至也 其
心常若未至
爾毋望其自至 爾毋未至而謂至

乃有聞於斯道 不至誠以語人 是與不聞道者何異

天必惡乃心之不仁 降咎于乃身

六經日月也 不可汚也 如知其不汚 何不使其道益明於昏衢也
嗚呼 世有任是責者乎 無也 人患無志 無患力之不敷也

● **작자 소개 : 하겸진**(河謙鎭, 1870-1946)

자는 숙형(叔亨), 호는 회봉(晦峰)이며, 본관은 진양(晉陽)이다.
면우(俛宇) 곽종석(郭鍾錫)의 문하에서 수학했다. 저술로 우리나
라의 학맥과 학파를 정리한 『동유학안(東儒學案)』과 『회봉집(晦
峰集)』등이 있다.

● **작품 해설**

하겸진(河謙鎭)은 자신을 성찰하는 조목으로 네 가지를 설정
했다. ① 한결같은 자세로 꾸준히 공부하는가? ② 항상 겸허한
마음으로 노력하고 있는가? ③ 유학의 도를 다른 사람들에게
전하고 있는가? ④ 육경의 도를 밝히고 있는가? 등이다.

첫 번째 잠언은 공부를 전일하게 해야 하는 이유를 서술한
후, 궁극적인 목표를 제시했다. 적은 물이 쌓여 마침내 바다가
되며, 작은 빛이 쌓여 결국 하늘이 된다. 쌓이면 오래가고 오래
가면 전일하며, 전일하면 본래 그러한 듯 자연스럽다. 자연스
러우면 드디어 하늘로부터 선한 본성의 본래 모습을 회복하게

된다고 말했다.

공부의 자세가 전일해야 하며, 공부의 목표는 하늘로부터 받은 본성을 온전하게 회복하는 일이라고 생각했다. 유학에서는 그 목표를 이룬 사람을 성인(聖人)이라고 일컫는다. 그러므로 두 번째 잠에서는 인륜의 극치인 성인을 본받아 그 경지에까지 이르도록 노력해야 한다고 말한다.

안회(顏回)는 "순(舜)은 어떤 사람인가? 나는 어떤 사람인가? 그처럼 행할 수 있다면 또한 그와 같이 될 수 있다."라고 말했다. 순임금과 자신이 애초에 다른 사람이 아니기 때문에, 순임금이 살았던 삶처럼 살아간다면 그와 같이 될 수 있다고 뜻을 세운 것이다.

곽종석도 「장부잠(丈夫箴)」에서 다음과 같이 말했다.

"성인과 철인은 신령인가 하늘인가?
어찌 감당할 수 있으랴? 경외하여 감히 나아갈 수 없다"라고 말하네.
경외스럽다고 말하지 말라! 특별한 사람이 아니네.
몸의 형체도 다르지 않으며, 본성과 도리도 똑같다네.
요(堯)도 장부이며, 순(舜)도 장부라네.
우(禹), 탕(湯), 문왕(文王) 모두 장부라네.
아! 주공(周公)도 어찌 장부가 아니랴?
안자(顏子), 증자(曾子), 자사(子思), 맹자(孟子) 모두 장부로서 길이 같았네.
저들도 장부이니, 주자(周子), 정자(程子), 주자(朱子)라네.

어찌 나와 서로 다르리오? 대장부일 따름이네.

그처럼 행하면 그런 사람이 되니, 경외하여 무엇이라고 일컫겠는가?

오직 장부일 뿐이니, 저들이로다! 나로도다!

유학자가 추구하는 일생의 공부 목표는 성인을 본받아 그 경지에 이르는 것이며, 그 목표의 실현 가능성은 똑같은 사람이라는 인식에서 비롯된다. 그런데 작자는 이 목표를 추구하는 사람의 마음가짐에 대해 지적한다. 만약 어떤 누군가가 성인의 경지에 이르렀다면, 그 사람 스스로는 항상 이르지 못했다는 마음을 가지므로 계속해서 노력한다는 사실이다.

이와 반대로 성인의 경지에 이르지 못한 사람일수록 자신은 도달했다고 착각하여 말하는 경우가 많은 것이다. 그래서 작자는 "너는 스스로 이르기를 바라지 말며, 아직 이르지 않았는데 이르렀다고 말하지 말라."라고 경계한다.

공자는 공부할 적의 마음가짐에 대해, "공부할 때에는 항상 남들을 따라가지 못할 듯한 마음을 가져야 한다. 그리고 그 배움의 기회를 잃게 될까 항상 두려워 해야 한다."라고 가르쳤다. 그리고 증삼은 공자 문하의 제자들이 공부하던 모습을 회상하면서 "유능한데도 잘 하지 못하는 이에게 물으며, 많이 알고 있는데도 적게 알고 있는 이에게 물었다. 있으면서도 없는 듯했으며, 꽉 차 있으면서도 비어있는 듯했다. 남이 자신에게 해를 끼쳐도 따지지 않았다."라고 술회했다.

속이 꽉 찬 사람일수록 자신이 부족하다고 생각해서 더 많은 노력을 한다. 내면이 허한 사람일수록 다른 사람들의 칭찬을 원하여 헛된 자랑을 일삼는다. 세월이 흐르면 흐를수록 꽉 찬 사람은 더욱 꽉 차고, 허한 사람은 빈 쭉정이의 모습으로 남게 된다. 참으로 두려운 사실이다.

세 번째와 네 번째 잠언은 유학의 도를 전하고 경전의 내용을 밝히는 임무를 힘써 실천해야 한다고 다짐하는 내용이다. 하겸진이 살아간 구한말과 일제 강점기의 시대 상황을 생각한다면, 자신을 성찰하는 네 가지 조목에서 이 두 가지를 넣은 이유를 짐작하고도 남음이 있다. 유학의 도가 끊어지려 하고 성현의 경전이 천시를 받는 시대에서 자신이 해야 할 임무가 무엇인지를 분명하게 깨닫고 있었다.

나는 오늘 하루를 살아가면서 어떤 조목을 설정하여 자신을 성찰하고 있는가? 작자는 사람들의 병통이 뜻을 세우지 않는 것에 있을 뿐이며, 힘이 펼쳐지지 않는 데에 있지 않다고 지적한다. 뜻을 세워 힘써 행할 뿐이지, 그 결과에 연연하지 말 것을 권면한 것이다.

남명학파 잠(箴) 작품의
개관과 시대별 특징

  남명학파의 잠 작품을 개관하기 위해서는 학파의 전개 양상에 따라 전성기를 누린 16·17세기, 인조반정으로 인해 큰 타격을 입고 침체되었던 18세기, 남명학파의 부흥기이자 도학(道學)이 위협받던 시기인 19세기로 구분하여 살펴보는 것이 전체적인 흐름과 특징을 파악하는 데에 유용하리라 생각된다.

1. 남명학파의 형성과 수양 방법의 모색 : 16~17세기

  16~17세기의 잠 작품은 남명학파의 종장인 남명(南冥) 조식(曺植, 1501-1572)이 창작한 것으로부터 동계(東溪) 권도(權濤, 1575-1644)가 지은 것에 이르기까지 총 26편이 전해진다. 작자 및 작품을 도표로 정리해보자면 다음과 같다.

  잠은 창작 동기에 따라 신하가 임금에게 바치기 위해 지은 관잠(官箴)과 개인적인 필요나 요구에 의해 창작한 사잠(私箴)으로 대

작자 및 생몰년	작품명
曹 植(1501-1572)	誠箴, 贈叔安(箴)
河 沆(1538-1590)	誠酒箴
金宇顒(1540-1603)	進聖學六箴(定志箴, 講學箴, 敬身箴, 克己箴, 親君子箴, 遠小人箴), 進御書存心養性箴
河應圖(1540-1610)	自警箴
成汝信(1546-1632)	學一箴, 晚寤箴, 惺惺齋箴
郭再祐(1552-1617)	調息箴
李 堉(1558-1648)	自儆箴
曹以天(1560-1638)	儆身箴
崔 晛(1563-1640)	友愛箴
鄭 蘊(1569-1641)	元朝自警箴
曹 璡(1569-1652)	八戒箴
朴壽春(1572-1652)	自警箴, 言行箴
文 後(1574-1644)	敬義箴
權 濤(1575-1644)	養心寡欲箴, 心者形之君箴, 自養箴

별된다. 그리고 수사 기법에 의해 가탁과 풍자를 사용한 비유적 표현 방법과 사실의 서술, 덕목의 해설, 의리의 발현 등으로 기술된 직설적 표현 방법으로 크게 구분된다.

위의 도표에 수록되어 있듯이, 조식의 작품은 「성잠(誠箴)」과 「증숙안(贈叔安)」 2편이다. 「성잠(誠箴)」은 '사악함을 막아 성(誠)을 보존하고, 말을 닦아 성(誠)을 세우라. 정밀하고 한결같음을 구하려거든, 경(敬)을 말미암아 들어가라.'라는 내용이다. 성을 보존하고 세우며 일관되게 유지하는 방법에 대해 3언 4구로 압축하여 요약했다. 「성잠」은 자신을 경계하기 위해 지은 사잠으로, 덕목을 해설하는 방식의 수사 기법으로 표현되었다.

「증숙안」은 박흔(朴炘)이라는 인물에게 준 것으로, 그가 겸허히 남의 의견을 받아들이는 것은 훌륭한 일이지만 스스로 주체성을 가지지 못한다면 자신을 지킬 수 없다고 권계하는 내용이다. 이 작품의 창작 동기는 타인을 깨우쳐주기 위한 것이며, 마음을 물에 비유하고 외물의 해로움을 티끌에 비유하는 방식으로 표현했다.

하항(河沆)의 「계주잠(誡酒箴)」은 술을 마실 때와 마시지 말아야 할 때의 분별에 대해 경계하는 내용이다. 자신을 경계하기 위한 사잠으로, 음식을 절제하고 동정(動靜)을 조절하는 '중(中)'의 수양 방법을 강조하여 덕목을 해설했다.

김우옹(金宇顒)의 「진성학육잠(進聖學六箴)」은 1574년 부수찬(副修撰)으로 재직할 당시 선조(宣祖)의 명에 의해 '학문을 하는 요체'에 대한 잠을 지어 올리라는 명을 받고서 창작한 것이다. 김우옹은 '정지(定志)', '강학(講學)', '경신(敬身)', '극기(克己)', '친군자(親君子)', '원소인(遠小人)' 등의 여섯 가지 주제로 선조에게 학문을 하는 요체에 관해 서술하였다. 그리고 다음 해인 1575년에는 「진어서존심양성잠(進御書存心養性箴)」을 지어 선조에게 마음을 보존하고 본성을 함양하는 방법에 관해 아뢰었다. 「진성학육잠」과 「진어서존심양성잠」은 선조를 위해 지은 관잠으로, 학문을 하는 요체 및 마음을 보존하고 본성을 함양하는 방법에 관해 덕목을 해설했다.

하응도(河應圖)의 「자경잠(自警箴)」은 성(誠)과 경(敬)의 수양 방법 및 중요성에 대해 밝힌 내용으로, 자신을 수양하기 위해 덕목을 해설한 작품이다.

성여신(成汝信)의 「학일잠(學一箴)」은 '주일무적(主一無適)'의 경(敬)을 유지하는 방법에 관한 내용이다. 「만오잠(晩寤箴)」은 마음을 붙잡기 위해서는 공자가 말한 '박약(博約)' 한 마디가 중요한 지결이 됨을 밝히고 이를 부지런히 실천해야 한다고 강조하였다. 이 두 작품은 자신을 수양하기 위해 경과 박약의 의리를 밝힌 사잠이다. 「성성재잠(惺惺齋箴)」은 다섯째 아들인 성황(成鎤)을 깨우쳐주기 위해 지은 작품으로, 마음이 몸의 주인이 되고 경(敬)이 마음의 주인이 되기 위해서는 '성성(惺惺)'의 수양 방법을 추구해야 한다는 점과 그 구체적인 방법에 관해 기술하였다. 이 역시 의리의 발현이라는 수사 기법을 통해 '성성'의 수양 방법을 밝힌 것이다.

곽재우(郭再祐)의 「조식잠(調息箴)」은 호흡법을 통해 내면을 수양하는 방법에 관해 기술한 내용이다. 이런 수양 방법은 앞에서 살펴본 작자들의 성리학적 수양 방법과는 자못 성격이 다른 것으로, 불가(佛家)의 수식법(數息法) 및 도가(道家)의 기수련(氣修鍊)과 상통하는 부분이 많다고 보여진다. 그러나 회암(晦庵) 주희(朱熹)가 「조식잠(調息箴)」을 지은 사실이나, 조선초기 사림의 종장으로 추숭되는 한훤당(寒暄堂) 김굉필(金宏弼)이 첫닭이 울면 콧숨을 헤아려 마음을 통일하는 수식(數息)을 행한 일로 미루어 볼 때, 곽재우가 추구한 수양 방법이 불가와 도가의 방법이라고 단정할 수는 없다. 다만 조선시대의 일반적인 유학자가 추구한 성리학적 명제에 근거한 수양 방법과는 성격을 달리한다는 점을 지적해 볼 수 있다. 이 작품은 조식(調息)의 호흡법을 어떻게 수행해야 하며 그것의 궁극적인 효과는 어떠한 것인지를 밝힌 내용으로, 사실의 서술을 중심으로 표현하였다.

이전(李墺)의 「자경잠(自儆箴)」은 '존양궁리(存養窮理)'의 학문 목표와 '경(敬)'의 수양 방법에 대해 기술한 내용으로, 덕목의 해설을 통해 자신이 지향해야 할 목표와 방법을 설정하고 스스로 경계하려 하였다.

조이천(曹以天)의 「경신잠(儆身箴)」은 자신의 몸을 공경히 해야 하는 점에 대해 경계하는 내용으로, 몸을 공경히 해야 하는 이유로부터 실천의 구체적 방법에 이르기까지 두루 기술하였다. 이 작품도 덕목의 해설을 통해 자신을 올바르게 닦아나가야 하는 점을 밝히고 일상 생활 가운데 어떻게 실천해야 하는가를 명시하였다.

최현(崔晛)의 「우애잠(友愛箴)」은 경북 영해(寧海)에 사는 어떤 형제가 크게 다투어 송사를 벌인 일이 있었는데, 이 작품을 지어 깨우치자 소송을 그쳤다는 내용이 서문에 밝혀져 있다. 따라서 이 작품은 우애의 중요성을 강조한 것으로, 덕목의 해설을 중심으로 서술되었다.

정온(鄭蘊)의 「원조자경잠(元朝自警箴)」은 작자가 50세 되는 해 정월 초하룻날에 지난 날 처심행기(處心行己)의 방도와 사친사군(事親事君)의 행실들이 마음에 부끄러운 부분이 많았음을 반성하고서 앞으로는 하늘의 명명(明命)을 저버리지 않도록 분발하기 위해 지은 것이다. 50세 때 공자(孔子)는 천명을 알았고 거백옥(蘧伯玉)은 49년 동안의 잘못을 알았는데, 자신은 비록 그 분들보다 하품(下品)

의 사람이지만 하늘로부터 선한 본성을 받았고 그 사실을 알고 있으므로 그것을 회복하고 보존하기 위해 노력해야 한다고 하였다. 그리하여 경(敬)에 입각한 수양의 중요성을 밝히고 수행 방법을 구체적으로 제시하여 덕목을 해설했다.

조겸(曹珠)의 「팔계잠(八戒箴)」은 마음·행실·말·일·사귐·유희·성냄·탐욕 등의 8가지를 경계하는 내용이다. 작자는 이 8가지에 대해 삼가고 경계해야 한다는 사실을 알고 있었지만 온전히 실천하지 못한 채 60세에 이르렀음을 반성하고, 거백옥이 50세에 49년 동안의 잘못을 안 것과 위(衛) 무공(武公)이 90세에 「억편(抑篇)」을 지어 자신을 경계한 사실을 본받아 다시 분발하여 노력할 것을 다짐하였다. 이 작품은 일상생활 가운데 삼가고 경계해야 할 8가지를 제시하여 자신을 올바르게 세워나가는 수양 방법을 밝힌 것으로, 덕목의 해설을 중심으로 서술하였다.

박수춘(朴壽春)의 「자경잠(自警箴)」은 사람이 윤리적 삶을 살아야 하는 당위성과 실천 방법으로서의 '예(禮)와 인(仁)'을 제시한 작품이다. 사람은 천지를 부모로 삼아 선한 본성을 타고 났으므로 이에 근거하여 삼강오륜의 윤리를 실천해야 하는 당위성과 능력을 이미 가지고 있으며, 이런 선한 본성과 윤리적 삶을 보존하고 실천할 수 있는 방법은 예와 인이라고 밝혔다.

「언행잠(言行箴)」은 말과 행실의 중요성을 환기시켜 삼갈 것을 경계하는 내용이다. 말은 복의 근원이며 행실은 재앙의 문이므로 한 마디의 말과 하나의 행실을 어떻게 하느냐에 따라 영화와 욕됨이 뒤따르게 된다는 점을 지적하고, 복과 재앙을 초래하는 중요한 기틀을 삼가야 함을 각성하였다. 이 두 작품은 모두 수양의 당위성과 방법을 제시한 것으로, 덕목의 해설을 중심으로 서술하여 자신을 경계하고자 한 것이다.

문후(文後)의 「경의잠(敬義箴)」은 조식(曺植)의 '경의' 사상을 존숭하여 그것을 계승하고자 하는 의지에 의해 창작된 작품이다. 『주역』에 수록되어 있는 경과 의는 학문을 하는 데 있어 절실한 것으로, 조선중기의 남명이 이 사상을 선구적으로 발현하고 실천하고자 하였다고 밝혔다. 그런데 문후가 지은 「경의잠」의 뒷부분이 결락되어 현재로서는 작품의 전체적인 면모를 알지 못한다. 이 작품은 경의의 중요성과 이를 탐구하고 실천하려 한 남명 사상의 의미를 밝힘으로써, 의리의 발현을 중심으로 서술하였다.

권도(權濤)는 3편의 잠 작품을 지었는데, 그 제목은 「양심과욕잠(養心寡欲箴)」·「심자형지군잠(心者形之君箴)」·「자경잠(自養箴)」 등이다. 「양심과욕잠」은 마음을 수양하기 위해 무엇보다 욕심을 줄여야 한다고 밝힌 작품이다. 「심자형지군잠」은 천지 가운데 사람이 존재하여 살아가는데, 육신의 형체는 마음에 의한 다스림이 중요하고 마음의 다스림은 경(敬)의 수양을 통해 유지되고 보존된다는 사실을 밝혔다. 「자양잠」은 자신을 수양하기 위해 무엇보다 겸손한 마음을 가져야 한다는 사실을 여러 측면에서 제기하여 스스로 경계하려 한 것이다. 3편은 덕목을 해설한 작품으로, '과욕(寡欲)'·'경(敬)'·'겸(謙)' 등 심성 수양의 구체적 방법을 제기하여 스스로 실천하고자 노력한 것이라고 볼 수 있다.

　이상 조식으로부터 권도에 이르기까지 16~17세기 남명학파 학자들의 잠 작품을 개관해 보았는데, 이를 바탕으로 다음과 같은 사실을 추출해 볼 수 있다. 첫째, 창작 동기에 있어 타인을 깨우쳐 주기 위한 것보다는 자신을 경계하기 위한 작품이 많다. 둘째, 수양의 중요성을 제기하고 자신이 추구해야 할 수양 방법을 확립하여 실천하고자 다짐하는 작품이 다수를 차지한다.

　이런 사실에 근거해 본다면, 이 시기에 창작된 남명학파의 잠 작품은 단순히 자신을 경계하는 차원에 머무르지 않고 자신을 어떻게 수양할 것인지에 대한 방법을 모색하여 확립하고자 노력하는 성향을 보이고 있다.

2. 남명학파의 시련과 수양으로의 침잠

　1572년 남명이 별세한 후로부터 1623년 인조반정이 일어나기 이전까지 약 50년 동안은 남명학파가 역사의 전면에서 가장 활발하게 움직였던 시기라 할 수 있다. 그러나 인조반정으로 인해 남명학파를 이끌던 내암(來庵) 정인홍(鄭仁弘, 1536-1623)이 적신(賊臣)으로 몰려 처형된 뒤 남명학파는 급격히 쇠퇴의 길을 걷게 되었다. 더욱이 영조 4년(1728)에 일어난 무신사태(戊申事態) 때 강우(江右) 지역에서 동계(桐溪) 정온(鄭蘊)의 현손 정희량(鄭希亮)과 도촌(陶村) 조응인(曹應仁)의 5대손 조성좌(曹聖佐)가 세력을 규합하여 안의(安義)

·거창(居昌)·합천(陜川)·삼가(三嘉)를 한 때 점령했던 일이 일어났다. 이 일로 인해 강우 지역은 반역향(叛逆鄕)이라는 인식이 심화되었으며, 이 지역의 선비들도 그 기상이 저하되고 남명학파로서의 학문정신에 대한 자긍심도 상처를 입었다.[9]

그러므로 18세기에 남명학파는 지명당(知命堂) 하세응(河世應, 1671-1727), 서계(西溪) 박태무(朴泰茂, 1677-1756), 태와(台窩) 하필청(河必淸, 1701-1758), 남계(南溪) 이갑룡(李甲龍, 1734-1799), 남고(南皐) 이지용(李志容, 1753-1831) 등을 통해 겨우 명맥이 유지되고 있을 뿐이다. 또한 학자의 수가 급격히 줄어들었을 뿐만 아니라 후세에 전해지는 저술도 매우 적은 형편이므로, 당시 남명학파 학자들의 학문과 사상을 파악하는 데에 어려운 점이 있다.

그나마 다행히 서계 박태무가 다른 학자들에 비해 비교적 많은 분량인 8권 4책의 문집을 남겼는데, 특기할 만한 사실은 장편 3편을 포함하여 도합 5편의 잠 작품이 수록되어 있으며, 명(銘)은 무려 19편이나 실려 있다는 사실이다. 그는 왜 이렇게 많은 분량의 잠명류(箴銘類) 작품을 저술한 것일까? 당시 남명학파가 처한 시대적 상황과 다량의 잠명류 작품은 어떤 연관을 가지는 것일까? 이장에서는 박태무의 잠 작품을 살펴봄으로써 이러한 일단의 의문에 대한 해답을 찾으려 한다.

박태무의 잠 작품을 도표로 정리하자면 다음과 같다.

---

9) 이상필, 「조선말기 남명학파의 남명학 계승 양상」, 『남명학연구』 제22집, 남명학연구소, 2006, 193면.

마음의 전쟁에서 이겨라-남명학파 잠(箴) 작품해설-

작자 및 생몰년	작품명
朴泰茂(1677-1756)	晚悔箴
	大學箴 - 大學, 明明德, 新民, 止至善, 三綱領, 格物, 致知, 誠意, 正心, 修身, 齊家, 治國, 平天下, 八條目, 程朱大功
	座隅箴 - 思無邪, 毋欺, 愼獨, 毋不敬
	枕箴
	書室箴 - 存誠, 養拙, 居敬, 知命, 省三, 日新, 主一, 時習, 光霽, 天淵, 大雲, 明德

도표의 순서에 따라 잠 작품을 차례로 살펴보자면,「만회잠(晚悔箴)」은 사람이 사람인 까닭은 중리(衆理)를 갖추고서 만사에 응하는 허령하고 텅빈 마음이 있기 때문이라고 밝힌 후, 이 마음을 잘 기르고 보존하느냐에 따라 사람다운 사람이 되느냐 짐승같은 사람이 되느냐로 갈라지게 된다고 하였다. 작자 자신은 젊은 시절에 분화한 것에 골몰하느라 마음을 손상하게 되어 보존된 것이 거의 없게 되었는데, 60세의 늦은 나이지만 좌우(座隅)에 적어서 느낀 바를 담아둔다고 밝혔다.

표면상 드러난 말로 본다면 작자의 때늦은 후회만이 서술되어 있을 뿐이지만, 이 작품을 지은 까닭을 미루어 짐작한다면 60세의 고령에 마음을 수양해야 하는 당위성을 절실하게 깨닫게 되었으니 남은 삶은 그와 같은 잘못을 번복하지 않기를 다짐하는 것이라고 이해할 수 있다. 이 작품은 자신을 경계하기 위해 지은 사잠으로, 마음 수양의 당위성을 서술하여 덕목을 해설한 것이다.

박태무는『대학(大學)』을 매우 존신하여 구암(龜巖) 이정(李楨)이『중용(中庸)』에 관해 읊은「중용영십사수(中庸詠十四首)」의 고사를 본받아『대학』을 조목별로 잠을 지어 스스로 경계하고 힘쓰기를 기약하였다. 이 작품이 바로「대학잠(大學箴)」이며, 그 조목은 대학(大學), 명명덕(明明德), 신민(新民), 지지선(止至善), 삼강령(三綱領), 격물(格物), 치지(致知), 성의(誠意), 정심(正心), 수신(修身), 제가(齊家), 치국(治國), 평천하(平天下), 팔조목(八條目), 정주공부(程朱大功) 등의 15가지이다.「대학잠」은『대학』의 개관으로부터 삼강령·팔조목에 이르기까지 조목별로 상세하게 풀이하고 있는 작품으로,『대학』에 관한 주석이라고 말할 수 있을 만큼 자신의 견해를 자세히 밝혀놓았다. 따라서「대학잠」은 의리를 발현한 잠의 대표적인 작품으로 손꼽힐 만하다.

「좌우잠(座隅箴)」은 사무사(思無邪)·무기(毋欺)·신독(愼獨)·무불경(毋不敬) 등의 네 조목으로 서술되어 있는데, 박태무가 추구한 수양론의 핵심을 파악할 수 있는 작품이다. 그는 이 잠을 좌우(座隅)에 붙여두고 늘 바라보면서 이와 같이 수행하기를 기약했다.

'사무사(思無邪)'는 공자(孔子)가 언급하였듯이『시경(詩經)』에 수록된 300여 수의 시편을 하나로 꿸 수 있는 요지이다. 그리고 '무기(毋欺)'는 '무자기(毋自欺)'의 줄임말로『대학』성의장(誠意章)에 근거한 것이다. '신독(愼獨)'은『대학』성의장과『중용』수장(首章)에 함께 나오는데, 박태무가 '신독'의 조목에서 서술한 내용과 마지막 구절인 '자사(子思)가 어찌 나를 속였으리요?'라는 말을 살펴본다면『중용』에 바탕하고 있음을 알 수 있다.

대성(戴聖)이 편찬한『예기(禮記)』는 총 49편으로 구성되어 있는데, 그 첫 편이 「곡례(曲禮)」이다. 그리고 「곡례」의 첫 구절은 '공경치 않음이 없다[毋不敬]'는 말로부터 시작된다. 『예기』의 핵심을 한 마디 말로 요약할 적에, 일반적으로 이 구절을 거론하기도 한다. 박태무는 『예기』의 '무불경(毋不敬)'을 수양의 지향점으로 삼아 실천하고자 하였는데, 상황·장소·시간에 상관없이 항상 경(敬)을 견지하려 했으며, 경에서 살고 경에서 죽겠다는 각오로 일평생 붙잡아 지키려고 노력하였다.

그러므로 박태무는 자신이 일생토록 추구할 수양의 지향과 방법을 『시경』의 '사무사', 『대학』의 '무자기', 『중용』의 '신독', 『예기』의 '무불경'으로 정하여 실천하려 한 것이라고 이해된다. 따라서 이 역시 경전의 의리를 발현하여 자신을 경계하고자 한 사잠이다.

「침잠(枕箴)」은 베개에 스스로 경계하는 뜻을 붙인 잠으로, 베개의 양쪽 마구리에 '성(誠)'자와 '경(敬)'자를 각각 새겨 넣어 마음이 언제나 '성'과 '경'의 상태를 유지할 수 있도록 노력하였다. 박태무가 평소 나무 조각에 '성경(誠敬)' 두 글자를 새겨서 차고 다닌 것이나, 자경병(自警屛)의 좌우 양측에 '성경'을 먼저 쓰고 나머지 여러 글자를 배치한 것 등은 그가 '성경'을 수양의 표방으로 삼았다는 것을 알려준다. 그러기에 그는 '성경'을 이자부(二字符)라 하기도 하였다.[10] 앞에서 살펴본 「대학잠」의 4가지 조목도 '성경'

---

10) 정경주, 「西溪 朴泰茂의 修養論에 대하여」, 『남명학연구』 제15집, 남명학연구소, 2003, 124면.

과 연관지어 생각해 본다면, '사무사'는 성의 수양이 궁극적으로 지향하는 도달점이며, '무자기'와 '신독'은 성의 수양 방법이다. 그리고 '무불경'은 경의 부단한 실천을 가리킨다.

「서실잠(書室箴)」은 지인들이 그가 공부하는 서실의 재(齋)·실(室)·벽(壁)·작은 연못·석문(石門) 등에 이름을 지어주었거나 글씨를 써준 것에 근거하여 잠을 지어 스스로 경계하고자 한 내용이다. 재의 이름은 '존성양졸(存誠養拙)', 실은 '거경지명(居敬知命)'이며, 좌측의 편액에는 '성삼일신(省三日新)', 우측에는 '주일시습(主一時習)'이라 이름하였는데, 이 명칭은 밀암(密庵) 이재(李栽)가 지어준 것이다. 동쪽의 벽은 '광제헌(光霽軒)', 서쪽은 '천연헌(天淵軒)'이라 하였으니, 식산(息山) 이만부(李萬敷)가 적어준 것이다. 당(堂) 아래의 작은 연못은 '천운당(天雲塘)'이라 이름하였으며, 연못의 남쪽에 있는 석문은 '명덕문(明德門)'이라 하였는데, 이것은 계안와(計安窩) 윤기경(尹基慶)이 지어준 것이다.

이렇듯 밀암 이재, 식산 이만부, 계안와 윤기경 등의 세 사람이 박태무의 서실과 관련하여 처소마다 부합한 뜻의 이름을 붙여주었는데, 그 모든 명칭이 수양의 핵심 내용을 담지하고 있다. 일반적으로 타인을 위해 건물의 이름을 지어줄 때 소유주가 추구하는 지향점과 의도를 반영하여 의미를 부여하기 때문에, 비록 본인이 스스로 지은 명칭들은 아니라 할지라도 그 이름들 속에는 박태무가 추구하는 뜻이 충분히 담겨 있다고 이해할 수 있다. 문으로 들어가거나 나가거나, 방안에 머물며 어느 곳으로 눈길을 돌리던

간에, 경계하고 수양하겠다는 뜻을 담아 붙여진 이름들이 처소마다 걸려 있었음을 생각할 때, 그는 기거하는 서실의 어느 곳이든 어떤 순간이든 간에 자신을 경계하고 수양하고자 하는 뜻을 독실히 붙잡으려 했다는 것을 알 수 있다.

「자경잠(自警箴)」은 노년의 나이에도 수양을 추구하는 마음과 실천의 노력이 해이해져서는 안 된다는 점을 경계하는 내용이다. '쓰러져 죽은 이후에야 그만둔다'는 구절에 그가 죽을 때까지 수양에 대한 의지와 노력을 중단하지 않으려 했다는 사실을 확인하게 된다.

이상 살펴본 바와 같이, 박태무는 매우 많은 분량의 箴 작품을 창작하였으며, 그 내용은 모두 자신이 추구하는 수양의 목표와 실천 방법을 표방한 의리의 발현이었다. 「침잠」은 베개를 제목으로 설정하였으므로 가탁의 풍자나 은유를 사용하여 서술할 듯하지만, 그 내용을 보면 일말의 풍자나 은유도 나타나지 않은 채 수양에 대한 결연한 의지를 직설적으로 표현하였다. 그리고 베개뿐만이 아니라, 그가 생활하는 주변의 모든 사물에 수양의 지향과 의지를 담아 이름을 붙임으로써 한 순간도 방심하지 않으려는 자세를 견지하였다.

박태무가 수양에 대한 결연한 의지를 잠 작품에 담아 자신을 한결같이 붙잡아 지키려 한 까닭은 남명학파의 일원으로서 그가 처한 시대의 학파적 상황과 무관하지 않으리라 생각된다. 인조반정으로 인해 남명학파가 심각한 타격을 입은 상황에서 1728년 무신사태까지 일어나게 되자, 남명학파의 학자들은 더 이상 발을 붙일 곳이 없을 만큼 운신(運身)의 폭이 좁아졌다. 이러한 상황에서 남명학파의 학자로서, 그 시대를 어떻게 극복해 나갈 것이며 후대의 학자들에게 무엇으로 학맥을 이어줄 것인가에 대한 문제는 자신이 짊어지고 가야 할 막중한 사명일 수 밖에 없었다.

따라서 그는 외부를 향한 항거가 아니라 자신을 견고하게 붙잡아 지키는 수양에 착념하여 스스로를 올바르게 세우고자 노력하였다. 이것은 그 자신을 지켜나가는 일이기도 하지만 더 나아가 남명학파의 명맥이 끊어지지 않고 이어질 수 있는 하나의 방법이 된다는 점을 생각할 때, 18세기 남명학파가 극심한 침체기를 겪은 때에 박태무가 고뇌하고 선택한 삶의 방향성을 충분히 짐작할 수 있다.

3. 도학(道學)의 위기와 수양 확립의 권계

19세기 강우 지역에는 노백헌(老柏軒) 정재규(鄭載圭)·월고(月皐) 조성가(趙性家)·계남(溪南) 최숙민(崔琡民) 등 호남 노론 노사(蘆沙) 기정진(奇正鎭)의 문인을 비롯하여 한주(寒洲) 이진상(李震相)·만성(晩醒) 박치복(朴致馥)·단계(端磎) 김인섭(金麟燮)·물천(勿川) 김진호(金鎭祜)·면우(俛宇) 곽종석(郭鍾錫) 등 기호 남인 성재(性齋) 허전(許傳)의 문인과 영남 남인 정재(定齋) 류치명(柳致明)의 문인이 진주 인근에 거주하면서 활동하였다. 이들은 각기 다른 학파적 사승 관계를 가졌음에도 불구하고, 서로 간에 학문적 교유를 적극적으로 진행하였으며, 남명의 학문과 사상에 대한 조명과 선양 사업을 추진하였다.

이처럼 19세기 강우 지역에는 우리나라 학술사에 있어 중요한 위치를 차지하는 걸출한 학자들이 성대하게 일어났으며, 그들은 학파적 당파성을 지양하고 학문적·사상적 소통과 연대를 추구하고자 노력하였다. 그들 이전에 대부분의 학자들이 다른 학파의 학설과 정치적 견해를 일방적으로 배척하고 공격했던 것을 감안할 때, 이들이 상대방을 인정하고 수용하고자 노력한 모습은 조선시대 학술사에 있어 특기할 만한 사건이다.[11]

인조반정 이후, 강우 지역의 남명학파는 외형상으로는 몰락하여 남인화하거나 서인화하는 모습을 띠었다. 그러한 분열과 침체의 17-18세기를 지난 후, 19세기 중반에 들어서자 새로운 움직임이 나타나기 시작했다. 외형의 분열과는 달리 내재적 복류의 형태로 면면히 이어지던 남명학파의 계승 양상이 표면상으로 드러나기 시작한 점이다.

하지만 이미 여러 학파로 분열된 상태에서 곧장 남명학파로 새로이 복원된다는 것은 시대적·역사적 추이의 측면에서 불가능한 일이었다. 그럼에도 불구하고 남명에 대한 추숭과 계승 의지라는 학문적·정신적 공감대는 강우 지역의 학파들을 결속하는

---

11) 전병철, 「老柏軒 鄭載圭의 南冥學 繼承과 19세기 儒學史에서의 의미」, 『남명학연구』 제29집, 남명학연구소, 2010, 231면.

중심축이 되었으며, 그것을 통해 국가적 위기를 극복하고 유교의 새로운 부흥을 염원하는 방향으로 진행되었다. 19세기 강우 지역 학자들의 남명학 계승은 이러한 관점에서 그 의미를 평가해야 한다고 생각된다. 그들은 남명의 학문과 사상을 중심축으로 삼아 분열된 각 학파들을 통합하고자 하였으며, 유학의 근본 정신을 회복하고 실천 의지를 고양하여 국내외적 위기를 극복하고 새로운 전망을 바라보려 노력하였다.[12]

이와 같은 19세기의 상황을 생각해 볼 때, 이 시기에 창작된 잠 작품은 당시의 시대적·역사적 배경이 어떻게 투영되어 있는지를 주의하면서 개별 작품을 살펴보아야 할 것이다. 하나의 작품은 작자 개인의 전기적 요소와 함께 그 작품이 지어진 시대적·역사적 배경의 소산물이라는 당연한 사실에 기반한 것이기도 하지만, 또한 본고에서 지속적으로 추적해 온 남명학파 학자들의 잠 작품에 나타난 수양에 대한 요구와 그것을 수행하는 방법의 시대별 특성을 해명하기 위한 중요한 전제가 되기 때문이다.

19세기에 잠 작품을 창작한 작자 및 작품 제목을 도표로 정리해 보자면 다음과 같다.

다음의 도표에 수록된 작품 제목에서 드러나 있듯이, 이 시기에 창작된 잠 작품의 특징은 타인을 위해 지은 작품이 상당 부분을 차지한다는 점이다. 그리고 타인을 위한 작품의 내용에 있어서도

---

12) 전병철,「老柏軒 鄭載圭의 南冥學 繼承과 19세기 儒學史에서의 의미」,『남명학연구』제29집, 남명학연구소, 2010, 265면.

작자 및 생몰년	작품명
朴致馥(1824-1894)	讀書箴
金麟燮(1827-1903)	至樂箴, 愼獨箴, 冬至箴, 山居四箴(冀微, 時習, 日新, 篤實).
郭鍾錫(1846-1919)	經筵箴, 書筵箴, 繹古齋箴, 鷄鳴箴, 丈夫箴, 剛德箴, 活齋箴, 五箴(好惡箴, 思慮箴, 守身箴, 處困箴, 講學箴), 除夕箴, 元朝箴, 立春箴, 實齋箴, 立箴, 卄以箴, 洗昏齋箴, 靜窩箴, 朴景禧屛箴.
河謙鎭(1870-1946)	自省四箴, 題李一海壁貼四箴, 惺軒箴, 養浩齋箴, 贈李璟夫三箴, 題仲涉屛八箴, 姜子孟墨帖箴.

상대방에게 필요한 어떤 주제를 설정하여 권면하거나 건물 이름에 담긴 의미를 부연하여 주인이 상고하게 함으로써 권계하는 등의 방식으로 깨우쳐주는 것이 대부분에 해당한다.

19세기 남명학파 학자들의 잠 작품은 왜 이러한 성향을 가질까? 이것은 앞에서 언급한 시대적·역사적 배경이 큰 영향을 미친 것으로 보인다. 이 당시 남명학파의 학자들은 일본 및 서양의 외세 침입과 국내 정치의 문란 등으로 인해 나라의 존망에 대해 크게 우려하였으며, 더욱이 명나라가 멸망한 이후 도(道)를 온전히 보존하여 계승하고 있는 우리나라가 외세의 세력에 의해 점령되는 것은 도학(道學)의 단절이라는 종말을 초래할 것이라는 위기 의식을 가졌다. 그리하여 그들은 엄격한 수양을 통해 자기를 올바르게 세우기 위해 분발하였을 뿐만 아니라, 함께 도학을 지켜나가야 할 이들에게 간절한 마음으로 권계하여 위기의 상황을 타개하고자 노력하였다.

단계 김인섭의 「동지잠(冬至箴)」에 그와 같은 의식이 분명하게 드러나고 있다. 이 잠을 살펴보면, 김인섭이 당시의 상황을 얼마나 절망적으로 인식하였는가를 적나라하게 볼 수 있다. 임금은 꼭두각시처럼 아무런 권한이 없고 백성은 이중삼중으로 수탈을 당해 무참히 짓밟히는 상황이었다. 그가 보기에 사람들은 스스로 재앙만 자초하는 듯하고, 하늘은 오로지 난리만을 내리는 것처럼 여겨졌다. 곡을 하려고 해도 무슨 낯으로 할 수 있겠으며, 말을 하려 해도 아무런 도움도 되지 않는 현실에서, 차라리 세상을 떠나 산 속으로 숨거나 바다를 건너려도 해도 그럴 수 있는 형편이 되지 못하니, 문을 닫아건 채 앓아누워 신음하면서 자신의 허물을 줄일 수 있기를 바랄 뿐이라고 탄식하였다.

그러나 김인섭은 이와 같이 지극히 어려운 상황 속에서도 한 줄기 희망을 발견하였다. 『주역(周易)』 박괘(剝卦)에 음이 극성한 그 때에 다시 양을 회복하게 된다고 하였으니, 난리가 극성하면 다스려지는 데로 나아가게 되고 막힘이 종결되면 펼쳐지게 되는 것이다. 그리하여 매우 곤궁하고 험난한 시대 상황 속에서도 다시 회복될 날에 대한 희망의 씨앗을 품을 수 있었으며, 그 씨앗을 젊은이들이 키워나가기를 기대하였다.

김인섭이 「동지잠」을 통해 자신의 현실 인식과 미래에 대한 희망, 그리고 젊은이들에게 거는 기대를 여실하게 보여주고 있듯이, 이 시기의 잠 작품들 속에는 어려운 시대 여건 가운데서도 자신에 대한 수양을 부단히 정진할 뿐만 아니라, 함께 도학을 지켜 나가야 할 동지에게 보내는 권계가 간절하게 담겨 있다.

마음의 전쟁에서 이겨라-남명학파 잠(箴) 작품해설-

만성 박치복이 정용기(鄭龍基)를 위해 지은 「독서잠(讀書箴)」, 김인섭이 동생에게 준 「지락잠(至樂箴)」, 면우 곽종석이 지은 「활재잠(活齋箴)」, 「실재잠(實齋箴)」, 「입잠(立箴)」, 「입이잠(卄以箴)」, 「세혼재잠(洗昏齋箴)」, 「정와잠(靜窩箴)」, 「박경희병잠(朴景禧屛箴)」 등과 회봉(晦峰) 하겸진(河謙鎭)의 「제이일해벽첩사잠(題李一海壁貼四箴)」, 「성헌잠(惺軒箴)」, 「양호재잠(養浩齋箴)」, 「증이경부삼잠(贈李璟夫三箴)」, 「제중섭병팔잠(題仲涉屛八箴)」, 「강자맹묵첩잠(姜子孟墨帖箴)」 등이 이러한 뜻에 부합하는 작품이라 말할 수 있다.

이 중에서 곽종석이 지은 「입잠(立箴)」을 대표적으로 살펴본다면, 이 작품은 1907년에 족자(族子) 곽창섭(郭昌燮)을 권계하기 위해 지은 것이다. 앞부분에서 사람이 천지 가운데 서 있어야 할 당위성을 설명한 후, 경(敬)·의(義)·공(公)·근(勤) 등에 의해 자신을 세우는 방법에 대해 제시하였다. 그리고 욕심과 나태함이 바르게 서 있는 것을 해치는 적이 되므로, 어떤 짧은 순간에도 감히 방심해서는 안 된다고 경계하였다. 그리하여 오래도록 이와 같이 서 있을 수 있다면, 요동하지도 않고 굽히지도 않아 우뚝히 천지 가운데 서서 하늘과 땅의 이치를 환하게 깨우칠 수 있을 것이라고 하였다.

마지막 부분에 이르러 '자신을 도(道)로써 세울 수 있다면, 자신도 서고 남도 세워 주리라. 힘쓸지어다! 위풍당당하게 서서, 너의 다리를 살피지어다.'라고 권계함으로써, 곽종석이 곽창섭에게 이 잠을 지어주는 까닭을 분명히 드러내고 있다. 국내 정치의 문란과 외세 세력의 침입으로 인해 도학이 절체절명의 위기에 처한 상황에서, 자신을 도로써 올바르게 세울 수 있어야 남도 세워줄 수 있다. 그러므로 항상 위풍당당한 기개로 서 있는 가운데, 자신이 도에 확립되어 있는가를 항상 살펴야 할 것이라고 말하였다.

이것은 곽종석 스스로가 「계명잠(鷄鳴箴)」, 「장부잠(丈夫箴)」, 「강덕잠(剛德箴)」, 「오잠(五箴)」, 「제석잠(除夕箴)」, 「원조잠(元朝箴)」, 「입춘잠(立春箴)」 등을 지어 도에 굳건히 서 있기를 끊임없이 노력하였을 뿐만 아니라, 앞으로 다음 세대를 이어가야 할 젊은이들에게 절망적 시대의 거센 물결에 휩쓸려 쓰러지지 말고 자신을 도에 우뚝이 세우기를 촉구한 것이라 이해할 수 있다.

이외에도 김인섭의 「신독잠(愼獨箴)」·「산거사잠(山居四箴)」, 곽종석의 「경연잠(經筵箴)」·「서연잠(書筵箴)」·「역고재잠(繹古齋箴)」, 하겸진의 「자성사잠(自省四箴)」 등이 있다.

전병철(全丙哲)

계명대학교 국어국문학과 졸업
경상대학교 한문학과 동양고전학 전공 문학박사
현재 경상대학교 경남문화연구원 HK교수

논저 및 역서

「남당 한원진『내학』해석 연구」(석사학위논문)
「대산 이상정 성리설의 회통적 성격」(박사학위논문)
「지리산권 지식인의 마음 공부」
『송정 하수일』
『중국 경학가 사전』(공저)
『송원시대 학맥과 학자들』(공저)
『주자』(공저)
『선인들의 지리산 유람록』(공역)

마음의 전쟁에서 이겨라 -남명학파 잠(箴) 작품해설-

인　　쇄　2015년 1월 23일　초판 인쇄
발　　행　2015년 1월 30일　초판 발행
글 쓴 이　전병철
발 행 인　한정희
발 행 처　경인문화사
등록번호　제10-18호(1973년 11월 8일)
주　　소　서울시 마포구 마포대로4다길 8 (마포동 324-3)
대표전화　02-718-4831~2 · 팩 스　02-703-9711
홈페이지　http://kyungin.mkstudy.com
이 메 일　kyunginp@chol.com

ISBN　978-89-499-1063-5　03810
값 7,000원